Histórias do Natal

Reflexões, Luzes e Esperança

Emilie Maceroni
Alfred Gurney
Henry van Dyke

Histórias do Natal
Reflexões, Luzes e Esperança

Tradução de Paulo Matheus Souza de Souza

Porto Alegre, 2024.

Repositório Cristão
Porto Alegre/RS.
https://www.repositoriocristao.com/

Histórias do Natal: Reflexões, Luzes e Esperança
Autores: Emilie Maceroni (1813 – 1868), Alfred Gurney (1843 –
1898), Henry van Dyke (1852 – 1933).
Nome original: **Palavras Mágicas** – *Magic Words* (1851); **Um Feixe
de Natal** – *A Christmas Faggot* (1884); **A Mansão** – *The Mansion*
(1911).
A versão de cada obra utilizada em inglês está em domínio público.

1ª edição.
ISBN: 9786501244549

Tradução: Paulo Matheus de Souza
Revisão: Daniele L. F. Souza
Designer gráfico: João Lucas Kanitz

repositoriocristao

repositcristao

repositoriocristao

repositoriocristao

Mais em: www.repositoriocristao.com

Caso queira contribuir com este trabalho, mande um e-mail para:
contato@repositoriocristao.com

Índice

Nota da edição

Há algo especial no Natal que transcende o tempo e o espaço. Não são apenas as luzes brilhantes, os presentes ou os banquetes festivos. O Natal carrega uma essência que fala ao coração humano — um convite à reflexão, à renovação, e, sobretudo, à celebração do maior presente que a humanidade já recebeu: o nascimento de Jesus Cristo. É com essa perspectiva que apresentamos *Histórias do Natal: Reflexões, Luzes e Esperança*, uma coletânea de narrativas que, cada uma à sua maneira, reflete a profundidade e a beleza dessa época tão singular.

Este livro reúne três livros cuidadosamente escolhidos, não apenas por sua qualidade literária, mas pelo impacto espiritual e emocional que eles oferecem. Suas histórias compartilham uma temática comum: a de que o Natal é mais do que um momento do calendário; é uma atitude de vida, uma oportunidade de reacender a chama da fé e da esperança.

Em "Palavras Mágicas", de Emilie Maceroni, somos conduzidos a uma jornada de descobertas, onde pequenos gestos e palavras transformam vidas. É uma história que nos lembra que, muitas vezes, a verdadeira magia do Natal está nas ações simples, mas repletas de significado, que brotam de um coração generoso.

Alfred Gurney nos transporta com "Um Feixe de Natal", uma narrativa que brilha como uma estrela em noite de inverno. Sua poesia delicada e suas imagens vívidas nos convidam a refletir sobre a luz que o Natal traz — não apenas a luz física, mas a espiritual, que ilumina os caminhos da alma em tempos de desafio e dúvida.

Por fim, encerramos com a comovente parábola "A Mansão", de Henry van Dyke. Aqui, a história toma a forma de uma profunda lição sobre o verdadeiro significado da generosidade e do amor ao próximo, desafiando-nos a olhar além das aparências e a viver de maneira que reflita o caráter de Cristo.

Estes contos, escritos em épocas diferentes e por autores de estilos variados, convergem em uma mensagem central: o Natal é, acima de tudo, uma celebração do amor, da luz e da esperança. Mais do que entreter, este livro pretende tocar o coração de seus leitores, incentivando-os a viver o Natal em sua plenitude — não apenas como um evento anual, mas como um chamado constante a refletir a bondade e a graça divina.

Convidamos você, querido leitor, a se aconchegar em um momento de quietude, abrir as páginas deste livro e deixar que cada história fale ao seu coração. Que estas palavras inspirem sua fé, renovem sua esperança e tragam uma nova compreensão do que significa viver o verdadeiro espírito natalino.

Paulo Matheus Souza de Souza

Palavras Mágicas

Capítulo I

Era a noite do Dia de Natal. O hino "Paz na terra, boa vontade para com os homens" havia sido entoado por milhares de vozes por toda a região, desde o majestoso coro das catedrais até os cantores simples das igrejas de aldeia. A caridade estendeu sua mão generosa aos pobres e necessitados, trazendo sorrisos a muitos rostos marcados pelas preocupações. A hospitalidade acolheu os bons, os belos e os ilustres nos suntuosos salões das mansões ricas. O amor e a paz reinavam em muitos lares felizes. A pobreza, tremendo diante do presente, encontrava consolo na figura brilhante da Esperança, que, com olhos radiantes, apontava para o futuro. Memória e tristeza rondavam os túmulos de muitos que haviam partido; mas, entre todos os que lamentavam, os mais tristes eram aqueles afastados de quem ainda amavam. Sim, em meio à dor, ao sofrimento e às mágoas da vida, seus corações eram os mais pesados, pois (usando as palavras tão citadas do poeta) "irritar-se com aqueles que amamos trabalha como loucura em nossas mentes"; e esta época sagrada fala mais forte aos nossos sentimentos mais gentis e à ternura de nossa melhor natureza.

Um trem havia parado em uma pequena estação de aldeia, cerca de trinta milhas da cidade, e algumas pessoas do campo, a caminho de casa, se inclinavam sobre a ponte para admirar os enormes "olhos vermelhos" da locomotiva enquanto ela avançava lentamente por um desfiladeiro profundo coroado de abetos escuros. Eles ficaram ali por mais um momento, curiosos para ver quem o trem havia trazido da grande cidade para sua tranquila aldeia.

Uma bela garota de quinze anos, cheia de saúde e energia, acompanhada por dois cães robustos e vigorosos, correu para encontrar seus amigos e companheiros. Estava ofegante de alegria e da corrida pela charneca, mas sua risada alegre e saudação calorosa soaram agradáveis conforme o barulho do trem desaparecia na distância.

Uma senhora, envolta em um xale quente, que aguardava ansiosamente por algum tempo, tomou o braço do marido com algumas palavras baixas de acolhimento alegre, e os dois caminharam rapidamente. Os cães do grupo mais jovem latiam de alegria, recebendo afagos e carícias. Um último olhar para a querida charneca e as colinas ao longe, com o entusiasmo de imaginar uma longa caminhada no dia seguinte, e os pôneis foram montados, os cães chamados com um assobio, e o trio feliz partiu para o lar acolhedor, para a velha mansão querida e para toda a alegria de um reencontro de Natal.

Outros dois passageiros surgiram, subindo pela trilha – um cavalheiro de aspecto imponente e uma robusta camponesa enérgica, envolta em seu manto escarlate. Ela passou por ele com uma reverência e um animado "boa noite". Pensava na lareira acesa, nos rostinhos ansiosos que a aguardavam, e na enorme alegria contida em sua cesta de vime.

Uma visita à cidade é um evento de grande maravilha para uma mulher pobre, e ela sempre retorna em um estado misto de emoção e êxtase. Tal visita torna-se uma história familiar importante, relatada muitas vezes para ouvintes atentos e entusiasmados.

Ela logo desapareceu em uma trilha sinuosa cortada entre o mato e a urze, evidentemente levando a uma cabana de teto baixo nos arredores de um bosque de pinheiros. Luzes piscavam nas janelas, e vozes alegres se aproximavam para recebê-la.

A estrada estava agora completamente solitária. Algumas nuvens avermelhadas pairavam sobre o oeste, enquanto, aqui e ali, uma grande estrela brilhante cintilava silenciosamente no ar puro e cortante. Latidos de cães podiam ser ouvidos à distância, chegando agradavelmente através da charneca e dos antigos pinheiros.

O cavalheiro caminhava a passos rápidos, e luzes começaram a surgir no vale abaixo. Ele parou quando os sons animados de um flageolet chegaram aos seus ouvidos, vindo de uma cabana à beira da estrada. O brilho de uma lareira iluminava o pequeno alpendre rústico e o jardim bem cuidado. Galhos brilhantes de azevinho decoravam a pequena janela. A melodia cessou, sendo substituída por uma risada jovial e o som de vozes juvenis.

"Como parecem felizes!", disse ele. "São cenas como estas que tornam o campo tão encantador, tão revigorante para os sentidos e para o espírito!"

E, no entanto, ele suspirou profundamente enquanto prosseguia. Passando por uma avenida de pinheiros e larícios que conduzia a uma das mais belas e pitorescas casas de campo, ele parou ao alcançar o portão do jardim. Aquele também parecia um lar querido, tranquilo e cheio de fragrâncias suaves. Luzes brilhavam de mais de uma janela, e rostos juvenis podiam ser vistos espreitando à luz incerta, com seus cabelos dourados reluzindo.

Uma doce voz jovem, que entoava uma melodia igualmente doce, cessou repentinamente, como todas as vozes juvenis fazem, quando o sino soou convocando atenção. Uma pequena criada, de rosto rosado e sorriso vivo, apareceu com uma lanterna e uma chave, pronta para receber o visitante e guiá-lo pela longa sombra dos pinheiros até a casa.

Um cachorro favorito correu para recebê-lo, saltando ao seu redor com alegria incontida. As crianças se agruparam na entrada, dizendo timidamente: "Como vai?" enquanto estendiam suas pequenas mãos para cumprimentá-lo. A mãe, avançando com uma saudação calorosa, expressava sua satisfação por sua chegada. Até mesmo a criada parecia contente em vê-lo. Contudo, aquele não era o seu lar.

Após alguns minutos de conversa, o viajante estava em seu próprio quarto. Seu cão, seu único companheiro, olhava para ele com olhos brilhantes, enquanto o dono acariciava carinhosamente sua cabeça magnífica. O homem, com cerca de vinte e oito ou trinta anos, tinha um semblante triste e pensativo, mas de um tipo que qualquer pessoa, ao olhar para ele, imediatamente admiraria e respeitaria. Sua expressão era ao mesmo tempo cativante e nobre.

Ele olhou ao redor do pequeno quarto, apreciando suas pinturas e sua arma de caça, antes de colocar sobre uma mesinha alguns livros e papéis que trouxera. Em seguida, aproximou sua poltrona da lareira, onde os troncos de pinho ardiam, e ficou observando os cones dourados se desintegrarem, um a um, no auge de sua luminosidade.

Mas toda contemplação chega ao fim, e a dele foi interrompida pela chegada de um café, trazido por uma criada de olhos brilhantes, que sorria satisfeita, como é comum entre os serviçais do campo ao receberem novos hóspedes.

Parecia que a contemplação junto à lareira não fora em vão, pois, entre muitos pensamentos que lhe passavam pela mente, alguns foram considerados dignos de registro. Assim que terminou o café, ele cobriu a mesa com livros e papéis, e logo estava completamente absorto em sua escrita.

Tão envolvido ficou, que, após lançar um ou dois olhares longos e esperançosos, o belo cão deitou-se, resignado, em seu confortável tapete, como quem desiste de esperar por mais atenção naquela noite.

O vento gemia intensamente entre os galhos dos pinheiros ao redor da casa. O escritor parou e ouviu o som, que parecia o fluxo de águas distantes. Levantando-se, caminhou lentamente até a janela, onde ficou longamente a contemplar a noite. Era uma noite de luar, mas tempestuosa; grandes estrelas brilhantes espiavam por entre os ramos escuros, quando as nuvens brancas e rápidas se dispersavam. O relógio distante da velha igreja do vilarejo soava lentamente as horas, seu eco melancólico atravessando o rio, enquanto o homem solitário na janela pensava nos anos que se foram, nos lares felizes e aquecidos por fogueiras naquela mesma noite, e, com um suspiro, afastou seus papéis.

Ele relembrou de como costumava trabalhar anos atrás, cheio de ardor e esperança, mas também com um profundo temor e ansiedade, buscando tornar-se digno de um objetivo idealizado e tão desejado. Pensou na amargura, na agonia da decepção; e como anos de sua juventude quase foram perdidos, não fosse o esforço para impedir que se tornasse um ser melancólico e inútil, entregue aos arrependimentos egoístas. Ele havia conseguido superar isso — e essa constatação lhe trouxe algum conforto. Sabia do que era capaz e não ousava desperdiçar o poder que conquistara, ainda que não servisse mais ao ídolo de si mesmo. Assim, continuava a trabalhar.

Sua dedicação literária havia lhe rendido distinção, e suas contribuições para o bem-estar de seus semelhantes eram amplamente reconhecidas; mas tanto à fama quanto aos elogios dos grandes, ele agora era indiferente. Seus momentos mais felizes eram vividos no vilarejo que tanto amava, onde era muito querido, embora não se permitisse entregar-se inteiramente à vida tranquila do campo.

Ele restaurara a antiga igreja gótica, preservando seus ornamentos antigos e o belo manto de hera que a cobria. Encontrava prazer ao estilo de Sir Roger de Coverley ao ver os moradores locais, mais prósperos e melhores em vários aspectos, reunindo-se aos domingos para ouvir os sermões do bom tutor, que ele tanto reverenciara em sua juventude. Aprendera a acreditar que a palavra "felicidade" significava reconciliar-se com o que se deve suportar, ter coragem para agir e gratidão para aproveitar o que permanece. Assim, era geralmente alegre em suas atividades.

Mas era Natal: um tempo em que o coração solitário se sente ainda mais desolado; um tempo em que palavras ternas de ausentes são lembradas com tristeza; em que toda mágoa é esquecida sob o espírito de paz e amor que invade o coração. Ele enterrou a cabeça nas mãos, consumido por uma avassaladora agonia de arrependimento.

"Há um ano", murmurou, "quem poderia acreditar na mudança? Ó, Edith!", continuou, pegando um retrato em miniatura que estava ao seu lado, "quem poderia imaginar que agora estaríamos como estranhos? Quem poderia pensar que aquele rosto radiante, aquelas tantas qualidades nobres, poderiam trazer tanta dor?"

Novamente ele olhou para o rosto belo, sorrindo para ele com mil lembranças ternas. Uma expressão mais suave, um espírito mais gentil, tomou conta dele. "Aqueles olhos", disse ele, "como já me olharam com doçura! Talvez, até mesmo agora, um pensamento... mas que tolice! No orgulho da beleza e da prosperidade, o que há para lembrá-la de mim?"

Um leve toque à porta interrompeu suas reflexões. Por um momento, ele não conseguiu dizer "Entre!", tão cheio estava seu coração. Mas, rapidamente se recuperando, voltou-se com um sorriso para receber uma pequena criança do vilarejo, que avançou timidamente para colocar suas pequeninas mãos nas dele.

Ela olhou para ele com olhos brilhando de amor e gratidão; mas a expressão alegre e radiante logo desapareceu, pois percebeu que ele estava mais triste do que de costume. Com a rápida empatia e a graça natural da infância, ela se sentou silenciosamente no tapete, colocando a imponente cabeça do cão em seu colo, e começou a acariciar pensativamente seu pelo longo e desgrenhado. Após alguns instantes, ousou romper o silêncio com sua delicadeza habitual:

"Estou tão feliz que o senhor voltou; senti tanto a sua falta!"

O semblante de seu companheiro se iluminou, e ele respondeu animado:

"Mesmo, minha pobre pequena Mary? Pensei que você tivesse me esquecido, depois de tanto tempo longe."

Enquanto dizia isso, afagou os cabelos castanhos e brilhantes dela.

"O senhor não deveria pensar isso", respondeu a criança com seriedade. "Sempre me lembro do senhor, porque me ensinou tudo o que sei. Estava ansiosa para vir ontem e o dia inteiro hoje", continuou ela. "Hoje foi um dia tão feliz que não consegui mais esperar e vim!" acrescentou, com sua risada alegre, que soou como música naquele quarto geralmente silencioso.

Aquelas palavras simples e aquele gesto afetuoso restauraram a confiança entre os dois amigos. Mary voltou a ser ela mesma, cheia de vivacidade e tagarelice. Sentada na extremidade de uma enorme cadeira gótica, balançava os pezinhos no dorso de seu amigo Troy, que, longe de se incomodar, fixava os olhos escuros e amorosos no rosto doce da menina, enquanto ela falava animadamente sobre sua vida simples. Contou como havia coletado pinhas por várias noites, sabendo que ele gostava da chama alegre e do cheiro agradável delas. Falou do pobre Turpin, que vivia em apuros, como havia caçado um coelho e ficado preso numa armadilha, e do quanto correu pelos morros para buscar ajuda; de como cuidou da pobre patinha machucada depois e como o leal paciente chorou porque não podia acompanhá-la naquela noite. Relatar todos esses acontecimentos parecia comover profundamente sua bondosa dona.

Com grande entusiasmo, Mary mostrou então seu "presente de Natal": vários pequenos feixes de casca de bétula prateada, descascados com cuidado, cortados em tiras e amarrados com lã vermelha.

"Queimei um pedacinho outro dia", disse ela, "e o cheiro era tão bom que pensei que o senhor iria gostar. Então, coletei alguns para acender sua vela. Experimente!"

A pequena logo acendeu um pedaço que segurava, observando-o com olhos brilhantes.

"É maravilhoso, Mary! E que gentil da sua parte coletá-los para mim!"

"Fiquei muito feliz em pegá-los", respondeu a menina. "Mas gostaria que o senhor não tivesse pensado que eu o esqueci. Não conseguiria esquecê-lo!" continuou, depois de uma pausa. "O senhor tem sido tão bom para mim, ensinando-me tantas coisas! Eu nunca tinha olhado para um livro antes de o senhor chegar. Ah, eu era terrivelmente selvagem! Mamãe dizia que eu fazia mais barulho que os meninos!" E ela riu com vontade.

O tutor também riu e contou a história, repetida tantas vezes, que ele sabia que ela adorava ouvir.

"Durante minhas caminhadas, eu frequentemente escutava sua pequena voz cantando em um campo de milho enquanto você 'cuidava' dos pássaros", começou ele. "Ficava surpreso com o seu desaparecimento repentino quando eu me aproximava, e, ao investigar, acabava encontrando você escondida dentro da carcaça de uma velha carruagem desmontada, que, curiosamente, estava entre duas árvores antigas ao pé do bosque."

Ele não mencionou à menina como, em sua imaginação, tinha visualizado as cenas animadas e emocionantes nas quais aquela carruagem, outrora elegante, poderia ter participado. Em vez disso, continuou:

"Espiei sem ser visto e a encontrei sentada em um dos bancos destruídos, com uma pequena tábua no colo, ocupada em cortar um pedaço de carne em pequenos pedaços, que você distribuía com cuidado imparcial para três estorninhos esfarrapados empoleirados em uma viga oposta, observando-a com olhos brilhantes. Como você conversava alegremente com os pássaros! E parecia que vocês se amavam e se entendiam perfeitamente. Lembro também da sua surpresa ao ser descoberta e do convite franco que me fez para 'dar uma olhada' nas maravilhas daquele aviário único, com suas valiosas ilustrações da 'História da Chapeuzinho Vermelho', suas penas brilhantes de gaio e outros tesouros infantis."

Mary riu com vontade; e assim a noite de Natal foi passando.

"Agora preciso ir", disse ela. "Prometi ler para a mamãe a história bonita que o senhor me deu, 'Susan Simples', e todos estão esperando por isso! Adeus! Prometa que não vai ficar tão triste depois que eu for embora como estava quando cheguei. O senhor estava pensando naquela moça bonita de novo, não estava?" perguntou ela, com um olhar preocupado e amoroso, apontando para o retrato em miniatura. "É isso que deixa o senhor assim, eu sei! Por que não vai falar com ela?"

"Porque ela não me ama, Mary", respondeu ele, com a voz trêmula. "E você sabe que não somos felizes com quem não nos ama."

"Tem certeza disso?" perguntou a criança, com seriedade. "As pessoas muitas vezes escondem seus pensamentos mais bondosos. Talvez ela esteja escondendo os dela de você; o senhor precisa procurá-los, como eu procuro violetas entre as folhas espessas. Ah, eu já fiquei tão triste uma vez!" continuou ela, com lágrimas brotando nos olhos ao lembrar-se. "Eu briguei com meu irmão, e nós não nos falamos o dia inteiro... ambos muito orgulhosos. Mas sabe o que aconteceu?" E seu rostinho doce se iluminou. "Quando eu coloquei meus braços ao redor do pescoço dele, dei um beijo e disse: 'Boa noite, Harry!', ele me beijou de volta, chorou também, e disse o quanto tinha ficado infeliz o dia todo. Eu achava que ele nunca, nunca mais ia me amar! Ó, se meu irmão tivesse morrido, como o bebê morreu, antes de nos beijarmos naquela noite!"

A pequena Mary parou, o coração apertado só de pensar nessa possibilidade. Mas logo voltou a olhar com admiração para o retrato.

"Ela parece tão gentil e boa, e tão bonita! O senhor falou com delicadeza, pediu para ela amá-lo de novo, ou foi orgulhoso?"

A menina não percebeu a agitação de seu companheiro, nem imaginava que, muito depois de sua cabeça repousar suavemente no travesseiro feliz, a eloquência simples daquelas palavras mágicas continuaria a trabalhar profundamente no coração dele.

Capítulo II.

Ao longo de muitas milhas de estradas duras e geladas, por campos, colinas e bosques cobertos de neve, e por muitos riachos congelados, devemos conduzir a imaginação de nosso leitor na mesma noite de Natal, até espiar outro lar, distante daquele que acabamos de deixar.

Abrindo as cortinas vermelhas e aconchegantes de um pequeno e encantador cômodo—metade sala de estar, metade biblioteca—, a luz de uma lamparina ilumina vividamente a figura de uma senhora lendo para seu marido. Ela lê a partir de um manuscrito, e ele organiza as páginas à medida que ela avança.

Frequentemente, ela faz pausas para erguer o olhar e sorrir de alegria diante dos elogios dele, e ele pensa que ela nunca esteve tão linda antes! Ela lembra muito a Madalena de Correggio, com o mesmo rosto encantador e os cabelos ondulados.

Logo ela chegou à última página, e os elogios se repetiram.

"Eu não tinha ideia de que poderia traduzir tão bem", disse ela. "Fico feliz que você goste, pois isso me dará ânimo para continuar. Talvez, com o tempo, eu possa me tornar realmente útil para você."

"Quando é que você não é tudo para mim?" respondeu ele. "Mas, Marion, você não deve trabalhar tanto; eu não posso suportar vê-la menos radiante. Além disso, o fato de você trabalhar tanto parece quase uma acusação contra mim; realmente, você não deveria fazer isso!"

"Bobagem!" disse Marion, rindo. "Você não imagina o quanto fico feliz em ajudá-lo, porque sei que você muitas vezes se sente muito cansado! Pobre Edward! Quanto sofrimento já lhe causei! Agora venha uma onda de protestos!", acrescentou, rindo novamente. "Mas, falando sério, estive pensando hoje em quanto temos a agradecer; e que, com todas as suas ansiedades, este ano foi muito feliz—como é infinitamente mais feliz trabalhar e lutar juntos do que levar uma vida insípida e fácil, como alguns fazem. Não sei o que seria de mim se você um dia ficasse rico", continuou ela. "É verdade que sempre se pode encontrar alguma ocupação útil, algum bem a ser feito; mas ninguém sabe, exceto quem já viveu isso, a alegria de superar dificuldades e conquistar os confortos do lar com o próprio esforço."

"É verdade, querida Marion! Eu nunca soube, até conhecer você, como é necessário tão pouco para ser feliz!"

"Eu sabia o que era a vida—tive uma infância cheia de dificuldades em casa", disse Marion, "e a adversidade me ensinou o que realmente vale a pena saber; que flores colher neste grande jardim que muitos ignoram ou não percebem. Como são doces os frutos da adversidade! Amo refletir sobre essas palavras; e, se algum dia eu ousar escrever um ensaio", disse ela, sorrindo, "será sobre esse tema. O que ela não nos ensina?—a prática de quase todas as virtudes."

"Não exagere, minha entusiasta", disse seu marido, sorrindo. "Lembre-se do efeito de um sol quase constante sobre as flores; como elas se tornam esplêndidas—como sua beleza se desenvolve plenamente!"

"Sim; mas elas não suportam a tempestade que pode, e inevitavelmente deve, vir. O velho e robusto cardo, cultivado no frio e na neve, está em uma posição muito melhor—é muito mais útil e protege muitas plantinhas sob suas folhas vigorosas. Agora, pense no que a adversidade realmente faz por nós. Vou começar pela minha infância: meu pai e minha mãe me tratavam como uma amiga em todas as suas dificuldades; eu me acostumei a observar seus rostos preocupados e cansados, a tentar animá-los e a me alegrar quando eles sorriam novamente. Isso nos uniu em uma afeição profunda; acredito que nenhuma criança e nenhum pai foram tão queridos uns aos outros como nós. Nenhuma casinha foi tão amada quanto a minha, e meu coração se partia quando eu me afastava de todos os seus cuidados, mesmo por um curto período, ainda que estivesse rodeada do que as pessoas chamavam de diversão. Esses sentimentos eram muito diferentes dos das crianças criadas no colo da riqueza, que frequentemente são egoístas e têm pouco apego às pessoas ao seu redor. Eu sabia o que era ser privada de muitos confortos, e isso me tornava grata pelos que tinha, além de me ensinar a sentir compaixão pelas dificuldades de outros, infinitamente piores que as minhas.

Por natureza impetuosa, cresci paciente; pois, como você sabe, meu pai era um homem de gênio excêntrico, que fracassou em todas as suas tentativas de nos colocar na posição brilhante que ele sonhava. Eu sentia e compartilhava suas decepções até que elas mesmas perderam o poder de me afetar! A empatia pelos que eu amava me despertou para a ação—me ensinou o valor do tempo, a dignidade da utilidade! Mas, acima de tudo, os desafios do mundo e as doces lições da adversidade me fizeram perceber a preciosa necessidade de nos apoiarmos e amarmos uns aos outros, e de vivermos naquela 'paz que excede todo entendimento!'"

Marion fez uma pausa e olhou para o marido com ternura indescritível.

"Não acredito que nos amaríamos metade do que nos amamos se não tivéssemos enfrentado tantas dificuldades juntos", continuou ela. "Embora fosse uma experiência perigosa para aqueles que nunca souberam o que é preocupação! Nós simplesmente entramos, sem hesitar, nessas águas turbulentas. Que apertos passamos! Há até algo de divertido em olhar para trás e lembrar as centenas de pequenas dificuldades engraçadas misturadas com provações mais sérias; é como espiar a galeria lotada de quadros da nossa própria vida —com imagens graves e alegres! Lembra-se de quando éramos tão pobres e os amigos do seu pai, os Savile, decidiram condescender em nos visitar para o almoço?"

"Ó, sim", disse Edward, rindo. "Quando o velho Jock se comportou de maneira tão insensível!"

"Insensível, de fato", disse Marion, rindo também. "Nunca me esquecerei de vê-lo devorar as delícias que eu havia preparado com tanto cuidado, da maneira mais indiferente possível, olhando diretamente para mim o tempo todo. Foi angustiante ver os sanduíches de presunto desaparecerem um após o outro pela sua garganta enorme (sabendo que não havia mais na casa), enquanto a fina dama caprichosa, que teve a ideia de alimentá-lo, dizia arrastando as palavras: 'o q-u-e-r-i-d-o c-a-c-h-o-r-r-o! como ele g-o-s-t-a disso!' Eu realmente acredito, Sr. Edward, que, como todos os homens, você se divertiu com a cena, em vez de se incomodar; pois nunca se ofereceu para tirar o velho cachorro cruel da sala."

"Como poderia tirá-lo da lisonjeira atenção de sua Patronesse? Mas deixe-me ver; como você lidou com isso, Marion? Aposto que de forma muito engenhosa e elegante. Lembro-me de como fiquei orgulhoso de você naquele dia."

"Ó, eu aparentava entrar na diversão e no humor do enorme apetite dele, mas sugeri, da maneira mais carinhosa possível, que ele agradecesse à gentil dama com uma reverência antes de provar outro pedaço! O pobre Jock, que não tinha a menor ideia do que eu estava dizendo, ficou totalmente atônito com meus gestos e comandos, apenas me olhando fixamente em busca de mais; então, foi suavemente repreendido e colocado para fora da sala por sua teimosia e ingratidão!"

Eles riram com vontade ao lembrar da travessura de Jock e sua punição. Marion, num humor especialmente alegre, começou a contar, entre gargalhadas, muitos outros incidentes semelhantes que agora podiam relembrar com leveza.

"Só nos enganamos uma vez", disse ela. "Aquela vez em que você estava tão doente, lembra? Por causa do excesso de trabalho. Eu me esgueirava até a vila para dar suas aulas de latim para aqueles garotos tão teimosos que você estava 'preparando'! Até hoje me pergunto como tive coragem de pedir à mãe deles para me deixar substituí-lo. Mas fico feliz por ter feito isso, porque não sei o que teríamos feito sem o dinheiro. E eu estudava tão bem as lições que não prejudiquei seus alunos. Mas o desfecho! Nunca vou esquecer o dia em que você entrou naquela biblioteca escura, pálido como um fantasma, e ficou extremamente surpreso ao me encontrar sentada na cadeira grande, conjugando um verbo de latim gigantesco, enquanto a pobre mãe olhava espantada para a minha 'proeficiência'! Eu também fiquei apavorada, acreditando que você estava descansando tranquilamente no sofá enquanto eu fazia minha 'caminhada'!"

"Nós dois parecemos muito culpados naquele instante."

"Sim, parecemos mesmo! E achei que nunca pararia de rir no caminho para casa, especialmente porque você estava quase ficando bravo! Mas meu riso logo desapareceu ao perceber o quão fraco você estava, e você descansou a cabeça no meu ombro enquanto estávamos sentados na cerca. Uma terrível sensação de medo tomou conta de mim" — continuou Marion, tremendo e se aproximando ainda mais do marido. — "Nunca senti uma dor como aquela antes!"

Os dois ficaram em silêncio por um tempo. Edward acariciou ternamente a linda cabeça que se apoiava ao seu lado.

"Vamos, olhe para mim, Marion", disse ele. "Estou bem agora, meu amor, e você não deve ficar tão triste."

"Eu não estou triste", respondeu Marion, levantando os olhos grandes e sorrindo suavemente. "Eu estava pensando em como sou grata por você estar melhor e em como este Natal seria feliz se você estivesse reconciliado com seu pai."

"Toda casa tem seu espectro, Marion, e esse é o nosso. Acredito que qualquer tipo de afastamento entre pessoas próximas pesa ainda mais em dias como este. Parece que há um poder misterioso que traz de volta antigas lembranças e primeiros afetos."

"Só aqueles que nunca deveriam ser rompidos surgem neste tempo sagrado", disse Marion. "Os pensamentos gentis que ele traz me parecem como suaves avisos de vozes angelicais — para buscar a paz antes que seja tarde demais! Gostaria que você os interpretasse assim e escrevesse novamente para sua mãe. Ela tem um espírito mais amável; mas eles devem — sim, os dois devem — ansiar por vê-lo novamente! Ó, se eu pudesse convencê-lo!" — continuou ela, emocionada. — "Não sabemos o que um dia pode trazer — mesmo para os mais jovens e fortes entre nós. E a Sra. Hope disse que eles parecem estar envelhecendo muito. Como você se arrependeria profundamente pela vida inteira se..."

"Ó, Marion, não diga mais nada!" — exclamou seu marido com voz agitada. "É esse pensamento que me persegue constantemente. Por mim, eu esqueceria tudo; mas a maneira como foram tão cruéis com você — com você, de quem eles deveriam se orgulhar tanto — eu não consigo esquecer isso!"

"Não pense mais nisso", disse Marion em um tom reconfortante. "Não devemos nos aborrecer com as pessoas só porque elas não conseguem ver as coisas da mesma forma que nós. Eles sabiam muito pouco sobre mim e, provavelmente, pensaram que eu impedi você de ser muito mais feliz com uma noiva mais rica. Além disso, quem sabe, talvez eles passem a me amar depois que você fizer as pazes com eles, como sei que vai fazer", disse ela com um sorriso. "Lembre-se, é aos seus pais que você está cedendo, e eu nunca poderei me sentir realmente feliz enquanto você for como um estranho para eles. Imagino que seria minha vez de enfrentar isso", continuou ela, com sua risada melodiosa, "se eu me atrevesse a contrariar seus desejos ou a dizer algumas palavras de raiva."

"Marion!", disse o marido em tom de reprovação.

"Bem, que garantia eu tenho", respondeu ela de forma brincalhona, "com alguém que consegue se conformar nessas circunstâncias? Você deve infinitamente mais a eles do que a mim — eles o amaram por muitos e muitos anos antes de mim. Ó, Edward! Seu próprio coração deve lhe dizer mais do que eu jamais poderia expressar."

"Não vamos discutir mais esse assunto, minha querida Marion", disse ele, com a voz embargada. "Cante para mim, pode ser? A noite nunca parece completa sem uma canção sua."

Marion cantou, com sua voz rica e encantadora, os seguintes versos:

O Sussurro do Espírito

Caminhei certa manhã em um bosque ao sol,
Onde o melro cantava sua canção de amor,
Onde a abelha selvagem voava com leveza,
Sobre musgos e flores de rara beleza!
E a natureza florescia, fresca e vibrante,
Nada ali parecia morrer ou ser murchante;
Mas o vento suave sussurrava ao passar,
"Ah, que pena que o Lírio e a Rosa vão murchar!"

Sentei ao lado de uma donzela tão bela,
Radiante de Beleza e da luz da Esperança singela;
Ela cantava um hino da nossa ilha querida,
E meu coração pulsava com orgulho e vida.
Fitava, extasiado, aquele rosto tão sereno —
"Pode algo ser mais belo, mais pleno?"
Mas o eco respondeu à melodia suave,
"Até o mais doce e belo, ao tempo não há quem lave!"

Vaguei sob a luz pálida da lua brilhante,
Onde os mortos dormem em descanso constante;
Seus raios puros tocavam suavemente
O túmulo antigo e a urna decadente;
E suspirei, triste, "Será que os jovens e valentes,
Os amados e honrados, partem igualmente?"

E uma voz respondeu, num sussurro profundo,
"Os mais bravos e belos deixam também este mundo!"

Então compreendi que o espírito dizia a verdade —
Tudo o que amamos na Terra, um dia se desfaz.
Ou murcha gentilmente, a um ritmo tão lento,
Ou é arrancado de nós num breve momento.
E lamentei, em dor, "Ah, por que o conflito insiste
Em respirar sobre uma vida tão curta e tão frágil?
E ai daqueles que, quando a vida se vai,
Precisam buscar paz dos que jamais voltarão atrás!"

A bela voz de Marion tremia de emoção, e seus olhos estavam cheios de lágrimas quando ela se aproximou do marido. Ele apoiou a cabeça pensativamente na mão.

Aquelas palavras mágicas ecoavam profundamente em seu coração.

Capítulo III.

Com exceção dos jovens e despreocupados, que apenas esperam ansiosamente por uma época de festas e diversão, e dos insensíveis e indiferentes, que raramente refletem sobre essas questões, os sentimentos variados que acompanham a aproximação do Natal podem ser comparados àqueles provocados pela contemplação da velhice que se aproxima. Uma velhice que pode se apresentar de formas tão diferentes: seja como a decadência solitária, negligenciada e sem amor, afastada de parentes e amigos, ainda presa às inimizades infundadas dos anos passados; sem a suavização proporcionada pela religião, nem o apoio que advém da reflexão sobre uma vida útil e virtuosa; ou, pelo contrário, como um momento cercado por corações amados e amorosos, olhando para o passado com gratidão e alegria, e para o futuro com esperança e resignação, em paz, amor e caridade com todos.

Muitas famílias em dificuldades financeiras, muitas viúvas com uma "renda limitada", encaram os custos crescentes desta época do ano, com suas contas e demandas variadas, com os mesmos sentimentos de quem prevê as debilidades da idade avançada, como as dores do reumatismo e da gota. Outros, por outro lado, aguardam com expectativa o conforto doméstico ampliado e lares mais acolhedores. Muitas mães sorriem com alegria ao ver seus filhos todos reunidos ao seu redor mais uma vez. Muitos pais se alegram com o riso alegre das crianças ou com o carinho e a reverência dos filhos já crescidos. Muitos amigos antigos são recebidos à mesa em clima de celebração. Mas, ai de nós, há também aqueles que olham para trás com um lamento sombrio, recordando como os Natais de outrora pareciam tão diferentes.

Pensamentos assim, cheios de melancolia, rondavam a mente de um homem de aspecto digno e venerável, que andava para lá e para cá na suntuosa biblioteca de uma velha mansão. A luz estava quase apagada, e o brilho do fogo reluzia sobre os ricos volumes e as antigas esculturas dos móveis. Ele olhou, suspirando, para o lar que, um dia, estivera repleto de rostos felizes. Agora restava apenas um — e, ah, como estava mudado desde aqueles dias vibrantes que vinham à sua memória! Como aquela cabeça, outrora bela, repousava agora tão fragilmente sobre a almofada de veludo da cadeira! Quanto sofrimento e tristeza podiam ser vistos nas rugas de sua testa! Ele sabia que o devaneio dela era tão triste quanto o dele. E realmente era, pois ela pensava nos muitos filhos adorados que haviam descido à sepultura ainda na flor da juventude — nas alegrias e no orgulho de vê-los reunidos no Natal, saudáveis e felizes! — nas animadas celebrações e encontros alegres! — nas despedidas emocionadas, e na dor daquelas finais, quando a pequena mão frágil apertava pela última vez a mão da vida que deixava.

Ainda assim, ela conseguia pensar nos que partiram com os sentimentos suavizados e resignados que a religião e o tempo invariavelmente trazem. Mas o que mais pesava em seu coração e escurecia seus anos finais era o fato de que o último e único filho sobrevivente — o menino que ela amara mais intensamente, por quem velara com tanto temor e ansiedade — ainda era um estranho ao lar de seu pai. Mês após mês passava, e ambos, em seu orgulho, hesitavam em tentar uma reconciliação. Ela sentia que não demoraria muito para que estivesse além do alcance de qualquer mediação e, com o amor de mãe e de esposa, desejava ardentemente vê-los unidos novamente antes de sua partida.

Por fim, ela se dirigiu à janela e pousou sua mão fina e pálida no braço do marido.

"Vejo que você ainda gosta de observar os corvos voltando para descansar nas velhas olmeiras."

"Sim," respondeu Sir John rapidamente, "é divertido observar os voos estranhos deles e imaginar que você consegue distinguir o crocitar de um pássaro em particular." Ele evitou mencionar que esse era o passatempo favorito de Edward quando criança, mas sua companheira sabia bem que ele pensava no tempo em que ambos costumavam ficar ali juntos. "Mas quem está vindo pela alameda?" disse ele finalmente, como se quisesse afastar os pensamentos que o prendiam. "Acho que é a Sra. Hope, pelo vestido preto. Provavelmente veio nos contar sobre o jantar, como prometeu."

Nenhuma porta jamais se abriu para uma professora de escola de aldeia mais bondosa, dedicada e zelosa do que aquela que agora dava passagem à pequena figura magra e tímida que se aproximava. Ninguém tinha uma expressão de felicidade tão tranquila quanto a dela, e ninguém parecia mais grata e satisfeita quando foi conduzida por Sir John à poltrona mais confortável da sala, recebida com um sorriso cordial por sua esposa.

"Vim para informar, senhor, que tudo foi feito conforme o senhor pediu. As crianças ficaram tão felizes que foi emocionante de ver. Todas vieram pela manhã com galhos de sempre-verdes e azevinho, e fizemos lindas guirlandas para decorar a sala. Os vestidos novos ficaram muito bonitos, e elas estão verdadeiramente gratas pela sua generosidade. O carvão, as cobertores e outras coisas já foram entregues em suas casas, e muitos disseram que agradeceriam ao senhor John por um Natal tão feliz, desejando o mesmo ao senhor de todo o coração", continuou a boa mulher, emocionada. "Graças a Deus, muito poucos entre eles são ingratos."

O semblante benevolente de Sir John iluminou-se de prazer enquanto ouvia os relatos da bondosa professora sobre as festividades na vila, às quais ele havia contribuído generosamente. Sua esposa, no entanto, não podia deixar de se perguntar como o coração de um homem tão bom poderia ser tão inflexível, como ela bem sabia que era.

Talvez pensamentos semelhantes passassem pela mente da Sra. Hope, pois, depois de relatar tudo que viera contar, e sentindo que era hora de se retirar, ela ainda hesitava, como se algo a impedisse de partir.

"Há algo que deseja nos dizer, Sra. Hope?" perguntou a senhora da casa com gentileza. "Por favor, não hesite em mencionar qualquer coisa em que possamos ajudá-la. Seu filho está bem?"

"Agradeço, milady, mas não estava pensando nele neste momento, e sim em alguém muito diferente. Achei que os senhores talvez quisessem saber, mas não tinha certeza... O senhor Edward e sua esposa passaram hoje pela escola", disse ela, por fim, como quem toma uma resolução difícil, "e meu coração ficou tão apertado ao vê-los chegar e partir como se fossem estranhos — e justamente na época do Natal!"

A pobre Sra. Hope tremia, pois notara que o rosto de Sir John havia escurecido e ele se recostara na cadeira de maneira agitada; mas um olhar encorajador da senhora reanimou-a. "Foi tão bom vê-lo novamente," continuou ela, "na pequena sala onde ele costumava se sentar anos atrás, entregando prêmios às crianças e falando palavras de encorajamento a elas. Pensei que ele tivesse esquecido o lugar e tudo o que ele costumava valorizar tanto; mas ele me disse que tinha desejado muito voltar e que nunca se sentia tão feliz quanto ali."

"Pobre Edward!", disse a senhora com emoção. "Como ele está?"

"Muito pálido e delicado, senhora; mas exatamente como sempre foi — com aquele mesmo semblante nobre," respondeu a Sra. Hope, ganhando coragem rapidamente, "embora não pareça mais tão alegre como costumava ser. Ele fez perguntas específicas sobre como o senhor e a senhora estavam, e ficou visivelmente abalado quando contei como ambos têm estado adoentados."

"Ele realmente perguntou?" exclamou Sir John, levantando-se abruptamente e começando a andar de um lado para o outro. "Por que você não me avisou que ele estava com você?"

"Temi que o senhor não quisesse saber," respondeu ela. "Mas, ó, Sir John! Na minha humilde opinião, achei estranho que, em um mundo tão imperfeito como este, o senhor pudesse se afastar de dois filhos tão bons!"

As lágrimas escorriam rapidamente pelo rosto da bondosa professora. Ela saiu apressada, mas suas "Palavras Mágicas" não foram ditas em vão.

Capítulo IV.

O último amanhecer do ano velho surgiu lindamente. Como são encantadores alguns poucos amanheceres de inverno! Um céu cinzento e frio, com uma luz fraca e difusa, mal revela os objetos ao redor. Aos poucos, surge um leve tom rosado, espalhando-se suavemente pelo leste. Ele aprofunda-se em um brilho avermelhado e, então, nuvens douradas e brilhantes, tingidas com inúmeros matizes, cobrem o céu, destacando em forte relevo cada árvore sem folhas, até os mais finos galhos.

Tudo está muito quieto. Edith senta-se silenciosamente junto à janela de seu quarto, observando aquele amanhecer esplêndido. Pouco depois, alguns estorninhos aparecem nas encostas geladas, com seus movimentos rápidos e impacientes, buscando algo para comer. Um casal de belos melros abaixa suas asas negras como azeviche, parecendo enregelados pelo frio. Um pardal, sempre alegre mesmo na adversidade, entoa algumas notas suaves e gratas em um arbusto perto da janela. Edith pensa que nenhuma serenata de Ano Novo poderia ser tão comovente quanto aquela canção baixa e doce. Reflete, também, sobre a lição que ela traz; pois seus olhos melancólicos haviam vagado tristemente pelas vastas terras que se estendiam à sua frente e, como é um velho conto muitas vezes contado, quase invejara o mais humilde camponês de suas imensas posses.

"Adeus, ano velho!", exclamou ela. "Nenhum outro amanhecerá para mim como você. Que o novo ano traga felicidade e alegria a muitos! Ó, Marion! Você nem imagina o quão desolada estou quando profetizou que ainda havia tanto reservado para mim."

A pitoresca casa de campo de Marion podia ser vista claramente à distância, cercada pela cadeia de colinas azuis ao fundo e protegida por elegantes larícios. O sol da manhã agora brilhava intensamente sobre ela, e Edith imaginava o rosto radiante e feliz de sua amiga.

"Que Deus te abençoe, Marion!", continuou ela emocionada. "Pois é ao exemplo de tua bondade gentil que devo tudo o que me resta agora: o conhecimento daquela utilidade, daquele amor paciente e da tolerância que fazem com que sejas tão querida pelos outros, tão feliz em ti mesma, e sem os quais tudo o que o mundo chama de beleza e talento é vazio e sem coração! Você me ensinou o valor do afeto verdadeiro — a tolice e a mesquinhez do falso orgulho no qual eu me orgulhava; e fez isso de forma tão doce que fui humilhada apenas para comigo mesma, nunca para você. Ah, se tivesse sido apenas alguns poucos meses antes! Ó, Percy! Como eu desejaria agora confessar-me errada! Mas agora fui esquecida! Em seus planos benevolentes, em seus sucessos honrosos, não há pensamento para mim; ou sou lembrada apenas como uma mulher teimosa e imperiosa que você um dia amou tolosamente. Eu nunca o verei novamente — minha é a tristeza, minha é a culpa! Mas estou conquistando o direito de me respeitar; estou fazendo tudo o que acredito que você aprovaria, se ainda se importasse comigo agora."

Seu coração estava muito pesado enquanto descia para a sala de café da manhã. Não havia ninguém ali, mas, sobre a mesa, encontrava-se um simples buquê. "De Marion," dizia um bilhete preso a ele. Edith agradeceu mentalmente à amiga pelo afeto que sabia estar expresso naquele presente perfumado; mas lágrimas surgiram em seus olhos ao contemplá-lo. Algumas lindas rosas, a pequena pervinca azul com suas folhas verdes brilhantes e seu simbolismo de "doces recordações", além de algumas primaveras e violetas precoces, estavam dispostas quase exatamente como as que ela havia recebido de uma mão ainda mais amada no ano anterior.

Ela sobressaltou-se quando sua mãe entrou na sala e virou-se apressadamente para esconder sua emoção; mas, tocada pelo olhar de amor ansioso que viu fixo nela, exclamou, enquanto deixava as grandes lágrimas rolarem por seu rosto:

"Ó, minha mãe, não serei orgulhosa com você — o céu sabe que nisso não haveria mérito algum! Eu estava pensando"—e sua bela cabeça repousou no terno colo da mãe —"na felicidade que eu mesma joguei fora, em alguém que agora me esqueceu."

"Ah, minha querida filha!", respondeu a mãe, pressionando suavemente sua mão na testa pulsante da jovem, "em nossa natureza incerta, muitas vezes acusamos de esquecimento aqueles cujo coração pode estar sofrendo por nossa causa."

Edith ergueu o olhar, com uma súbita expressão de alegria iluminando seu rosto. Ao inclinar-se novamente sobre as flores, um doce vislumbre de esperança encheu seu coração, e ela sentiu a mágica influência daquelas palavras.

Felizes são aqueles que, em meio a seus próprios interesses, alegrias e tristezas, não esquecem o bem-estar dos outros! Edith agora aguardava com prazer os eventos do dia. Pela manhã, seria inaugurada a escola que ela mesma havia construído, com um discurso apropriado do bondoso reitor; e, à noite, jovens e idosos, ricos e pobres, seriam reunidos em sua esplêndida casa. Ela havia declarado alegremente aos outros proprietários da região seu desejo de receber, como senhora do solar, "todos os bons visitantes" naquela véspera de Ano Novo e de jantar no velho salão de seus ancestrais, à maneira dos tempos feudais, com os camponeses de sua propriedade "abaixo do sal."

Para eles, a perspectiva era de puro prazer e alegria. Mas nem todos da nobreza compartilhavam do mesmo entusiasmo, pois Edith convivera pouco com eles até então e era ainda menos compreendida. Muitos achavam que era apenas mais um capricho da beleza mimada; outros se perguntavam que excentricidade ela faria a seguir. "Não é que ela se importe mais com os pobres do que nós", murmuravam, "mas ela gosta de fazer tudo de maneira diferente. Que pena que a esplêndida propriedade do tio tenha ficado em mãos tão impetuosas!"

Assim argumentavam, com pouco caridade, alguns dos convidados. Mas, felizmente, havia aqueles que conheciam Edith melhor e acolhiam com entusiasmo seu plano gentil e benevolente para oferecer a todos uma véspera de Ano Novo verdadeiramente feliz.

Finalmente, a tão aguardada noite havia chegado. As crianças da aldeia estavam quase sem fôlego de tanta ansiedade. Os portões do parque foram abertos de par em par, e nunca a velha alameda tinha ecoado com tantas vozes alegres. Muitas pequenas damas paravam sob as árvores, despertando pássaros adormecidos enquanto admiravam, à luz das lanternas que carregavam, seus sapatos novos e vestidos bonitos, perguntando-se se alguma das grandes senhoras pareceria tão elegante e se sentiria tão feliz quanto elas. Algumas crianças tímidas agarravam-se às saias de suas mães, olhando com um misto de reverência e admiração para a imponente mansão, iluminada e resplandecendo no meio dos cedros sombrios. Estavam meio receosas de entrar até que fossem encorajadas pela promessa de ver a gentil dama que todos amavam.

Ao chegarem, foram recebidas pela própria Edith, que apertava as mãos de todos e desejava um feliz Ano Novo. Quando viram o magnífico salão antigo, repleto de armaduras brilhantes, as muitas salas esplendidamente iluminadas e decoradas, os quadros e outros objetos maravilhosos, sua alegria não teve limites. Porém, o que mais os encantou foi um recanto profundo no final do salão, completamente preenchido por plantas raras e luxuriantes, no meio das quais estava uma bela estátua de "Paz", unindo as mãos de "Ira" e "Contenda", que olhavam com surpresa e admiração para a beleza celestial que antes não haviam percebido, ocupados como estavam com sua luta desordenada.

As crianças sussurravam suavemente naquele canto, pois a iluminação era tênue, mas o rosto radiante da estátua de Paz emanava um brilho encantador, e aqui e ali as flores cintilavam entre as folhas escuras ao seu redor.

Depois disso, as crianças foram conduzidas a uma sala decorada com louro e azevinho, onde as aguardavam chá e bolos como nunca tinham provado antes. Lá, a Sra. Hope estava exultante, mas ainda assim mantinha a ordem e o decoro perfeitos. Em seguida, começaram as diversões da noite: danças animadas e engraçadas ao som da banda da aldeia, maravilhas de uma lanterna mágica e muitos jogos infantis. Mas o maior encanto da noite foi o presente de Ano Novo: um pequeno e lindo livro dado a cada criança, com o nome de cada uma escrito pela própria Edith.

As horas passaram rápido demais para aquelas crianças maravilhadas. Quando o relógio marcou dez horas, era hora de se despedir. Edith desejou boa noite a todas com a mesma gentileza com que as havia recebido. Elas a agradeceram de maneira simples, mas sincera, pelo prazer que haviam desfrutado, e a honestidade de sua gratidão fez o rosto de Edith brilhar com sorrisos felizes.

A ampla galeria de retratos, transformada em salão de baile para a ocasião, estava alegremente decorada com guirlandas brilhantes. Os antigos retratos da família pareciam observar tudo com prazer, acolhendo calorosamente os convidados reunidos; assim pensavam vários moradores da vila, que estavam dispersos entre a multidão mais elegante. Eles assistiam às intricadas danças com interesse e admiração, e ouviam, igualmente surpresos, a banda magnífica, cuja música fazia muitos pés leves deslizarem pelo salão. No entanto, a maioria deles achava a música muito inferior às apresentações dos músicos da vila e se perguntava como alguém conseguia dançar ao som de melodias tão sem vida em uma véspera de Ano-Novo como aquela.

Edith, antecipando suas preferências, timidez e amor por danças campestres e hornpipes, providenciou para que eles fossem conduzidos pela gentil Mrs. Hope a outra sala, onde poderiam se divertir à vontade e, ao mesmo tempo, sentir-se privilegiados por poderem espiar os nobres sempre que quisessem. Talvez essa sala, com sua alegria espontânea e risadas livres, fosse mais feliz do que o salão principal, pois, embora muitos ali estivessem desfrutando da beleza e da animação do evento, também havia ressentimentos. Entre aquela grande assembleia, encontravam-se pessoas que, apesar de terem sido amigas no passado, não se falavam há anos e que se sentiam desconfortáveis por estarem tão próximas.

Mas era difícil qualquer sombra persistir onde a bela anfitriã se movia e falava:

"Pensamentos em cada olhar, e mente em cada sorriso."

Cada palavra gentil e sincera de Edith era dita com uma franqueza encantadora, combinada ao charme de seus modos delicados e elegantes, de modo que até os mais frios, insensíveis e reservados se sentiam tocados e mais inclinados a ver o mundo com bons olhos.

Marion também estava lá, e as flores que ela trouxera eram o único enfeite no vestido branco de Edith. Contudo, Marion, que normalmente era tão alegre, parecia pensativa, quase triste, enquanto olhava ansiosamente para o rosto de seu marido enquanto eles estavam afastados por alguns instantes.

"Eu acreditava que, nos últimos anos, meu pai não participava de eventos como este", disse ele. "Edith não podia imaginar que ele viria quando nos convidou."

"Eu sabia como seria", respondeu Marion. "Há muitos aqui esta noite que ela espera reconciliar, ricos e pobres. Veja, ela está olhando para nós agora enquanto fala com ele! Ó, Edward, vá até eles agora, eu te imploro!" exclamou ela com fervor.

"Não diante de tantas pessoas", disse o marido, emocionado. "E se ele recusasse apertar minha mão?"

Marion suspirou, mas sua natureza esperançosa lhe sussurrou que a véspera de Ano-Novo ainda não havia terminado. Então, um relógio de tom prateado soou, marcando a meia-noite. Os convidados foram conduzidos ao banquete. Harpas invisíveis e doces vozes entoaram uma melodia suave de despedida ao ano velho enquanto os convidados se acomodavam na extremidade superior do salão. Em seguida, a música explodiu em uma alegre recepção ao ano novo quando os aldeões entraram e ocuparam seus lugares na extremidade inferior das mesas. A alegria então se dissolveu em uma doce melodia de oração, pedindo paz e felicidade a todos. Marion olhou ao redor, emocionada.

Era uma cena deslumbrante: o vasto salão de banquete decorado com guirlandas alegres de azevinho e flores; a brilhante reunião de convidados; os rostos felizes dos aldeões; a bela anfitriã, sentada em uma cadeira antiga na extremidade superior do salão, com os estandartes de sua linhagem ancestral – troféus de eras passadas – ondulando atrás dela; e, abaixo, a figura graciosa da Paz, quase encoberta pelas folhas escuras, em forte contraste com os símbolos de guerra ao redor. Era uma visão que, uma vez contemplada, dificilmente seria esquecida.

Depois que todos os convidados apreciaram os pratos servidos, Edith pegou uma taça de design curioso. Seu rosto irradiava bondade e amor enquanto olhava para os presentes.

"Esta taça pertenceu aos meus ancestrais por muitos séculos," disse ela. "Preservada por eras como uma relíquia venerada, nela, sem dúvida, muitos brindes foram feitos e boas-vindas calorosas foram expressas. Mas acredito que nenhum seja mais sincero e cordial do que o que ofereço a vocês esta noite. Gostaria de desejar a todos um ano novo cheio de felicidade e prosperidade, mas como tais perfeições nunca visitaram esta terra, sabemos que seria em vão. Por isso, desejo a maior de todas as bênçãos — aquela que nos conforta nas tristezas da vida e intensifica além da medida seus prazeres e alegrias: amor e harmonia em seus corações e lares! Pode haver entre nós aqueles afastados de amigos e parentes, lamentando os erros que os distanciaram (pois, esperamos, poucos em uma terra cristã podem viver implacáveis uns com os outros), mas hesitando, por orgulho equivocado ou falta de coragem, em dizer as poucas palavras conciliadoras que, na maioria dos casos, bastariam para uma reconciliação completa. O ano velho está agora partindo; que leve consigo toda raiva e animosidade! Que essas poucas palavras curativas sejam ditas, e que Paz, Amor e Caridade estejam com todos nós!"

A voz de Edith tremeu de emoção, mas ela não percebeu a comoção de muitos de seus convidados, pois seus olhos estavam fixos, como em um sonho, na extremidade inferior do salão. Houve um movimento de surpresa entre aqueles sentados ali, e Edith abriu caminho, sem saber como, através da multidão. Sim, era Percy! Um único olhar, carregando mil emoções, e suas mãos se entrelaçaram! Por um instante, sua bela cabeça se inclinou diante dele, enquanto algumas lágrimas grandes e pesadas caíam sobre as flores a seus pés. Mas ela logo dominou sua emoção e, com um rosto radiante de alegria, conduziu Percy através da multidão de rostos simpáticos até o lado de sua mãe. No breve silêncio que se seguiu, os sinos da igreja da vila podiam ser claramente ouvidos, anunciando o ano recém-nascido. Quando soaram tão doces antes?

E então, uma melodia alegre explodiu novamente, e todos retornaram ao salão de baile. Os jovens, os belos, os alegres, mais uma vez se juntaram à dança; nunca pés se moveram com tanta leveza quanto os deles. Mas havia aqueles que sentiam uma alegria mais profunda: a serena, a celestial alegria da reconciliação!

Percy e Edith estavam novamente lado a lado — unidos, felizes! Marion contou à sua amiga, que ouvia com admiração, como Percy (um antigo colega de faculdade de seu marido) havia visitado sua casa naquela manhã. Na tranquilidade do lar, ele confessara que se sentira atraído até eles pelo desejo de obter notícias de Edith, por quem seu profundo e verdadeiro amor ainda permanecia, envolto em tanto pesar. Marion havia tentado convencê-lo a acompanhá-los naquela noite, mas ele ainda hesitava — ainda temia. No entanto, Percy agora confessava a Edith como, depois que Marion e seu marido partiram, ele sentiu uma forte vontade de vê-la novamente. Ele havia se escondido na multidão, mas as palavras que ela acabara de dizer o moveram a sair do recanto onde permanecera despercebido, para ser o primeiro a reconhecer o poder gentil daquelas palavras mágicas.

E muitos outros sentiram o mesmo! Marion estava apoiada no braço de seu pai, com os olhos baixos, cheios de lágrimas de alegria, enquanto ele falava baixinho sobre o enfermo que ela deveria visitar no dia seguinte.

Todos os corações foram tocados e amolecidos, e ricos e pobres sentiram-se mais próximos uns dos outros! Lembraram-se da voz que dizia: "Amai-vos uns aos outros, como Eu vos amei" e das lições divinas de paz e longanimidade que alguns haviam esquecido! Muitos abençoaram, até o fim de suas vidas, as Palavras Mágicas ditas pelo Pacificador naquela Noite de Ano-Novo.

Palavras Mágicas.

Palavras mágicas! Palavras mágicas!
Nascem de um impulso santo,
Do aparente acaso das circunstâncias,
São a voz de Deus aos corações aflitos.
Onde quer que caiam, não as rejeite,
Nem pense que sua missão é em vão;
Entre corações amantes que o frio separa,
Não deixe que o silêncio sombrio reine.
Palavras mágicas! O que são?
Coisas que a alma mais verdadeira dirá!

Palavras mágicas! Palavras mágicas!
Ah! Queridas como para a flor moribunda,
São os orvalhos estrelados que trazem bálsamo
E sussurram sobre a chuva caída!
Doces como a fonte borbulhante do deserto
Para quem vaga pelas areias,
São essas palavras ao acaso, que, como pássaros,
Plantam sementes floridas de terras mais felizes!
Palavras mágicas! O que são?
Coisas que a língua mais simples pode dizer!

Palavras mágicas! Palavras mágicas!
Ó, deixem-nas viver em todos os lábios,
Fonte de alegria, do beijo mais santo,
E laço da mais bela comunhão.
E para sempre, neste tempo abençoado,
Embora as neves do inverno cubram a cena,
Um chamado mágico, para nos unir a todos,
Será o sempre-verde do Natal!
Palavras mágicas! Não seriam elas
Ofertas perfeitas para o Dia de Natal?

Um Feixe de Natal

Prefácio

A maioria dos poemas que seguem já foi publicada na revista paroquial S. Barnabas' Parish Magazine. Para meus afilhados e minha comunidade, reuni-os como um pequeno feixe de gravetos — uma "fogueira de Natal" para aquecer o palácio de inverno de nosso Rei.

É a Encarnação que justifica toda alegria, e o cântico é a expressão dessa alegria. Os cânticos do Evangelho celebram a Grande Natividade. Entre os homens, o nascimento e o casamento são as ocasiões mais sagradas para a alegria e a música; e o Natal é, ao mesmo tempo, a Festa de Aniversário e a Celebração Nupcial da Humanidade.

Ficarei feliz e grato se algum dos meus cânticos puder ajudar a alimentar a chama do amor jubiloso em algum coração cristão nesta época santa e feliz.

"Eles me trazem tristeza tocada por alegria,
Os alegres, alegres sinos do Natal."

— *Tennyson, In Memoriam*

Tempo de Natal.

O Real Aniversário amanhece novamente,
Para abençoar um mundo ferido;
E os que sofrem esquecem sua dor,
E os enlutados, sua aflição.

Hoje o Amor canta; seus olhos tão belos
Estão molhados de lágrimas felizes;
Ela é humilde demais para desesperar,
Fiel demais para esquecer.

Sua voz é muito suave e doce,
Seu coração é corajoso e forte;
Seu servo, eu gostaria de repetir
Alguns fragmentos de sua canção.

Uma canção de aniversário meu coração quer cantar
Para expressar seu êxtase;
O filho do Pai deve ser um rei,
E compartilhar Sua consciência.

Do Autoconhecimento de Deus vem a Palavra
Que expressa todo Seu Pensamento;
Essa Palavra feita Carne é ouvida por todos
Que buscam como são buscados.

Sua busca e Seu encontro tornam
Nossa procura uma tarefa simples;
Ele semeia boa semente e nos convida
A colher as alegrias da colheita.

Ainda assim, Seus filhos devem fazer sua parte
E aceitar o que Ele dá;
Nenhum coração pode entender Seu Coração

Que não tenha sangrado e chorado.

Todas as estações, tragam elas dor ou alegria,
Guardam Seus tesouros inestimáveis;
A prata do Inverno é toda d'Ele,
E d'Ele também é o ouro do Verão.

A colheita da vida não é feita até
Que o Cristo interior tenha crescido
À perfeita maturidade, e a vontade própria
Tenha sido vencida pelo amor.

Essa maturidade alcançada encerra a luta
Que transforma o bebê em menino;
Assim a semente se torna uma vida,
E a vida se torna alegria.

Os olhos que choram são olhos que veem,
E rápidos são os pés dos peregrinos;
Ah! a esperança pode finalmente vir a ser
Mais doce que a memória.

Assim, celebrando o festival de hoje,
Com risos de crianças por perto,
Não é difícil cantar e orar,
Difícil é duvidar ou temer.

Pai, meu coração a Ti eu trago,
A Ti dirijo minha canção;
Da dor do inverno e do esforço da primavera
Brota a felicidade do verão.

A Madona Sistina.

"O próprio Senhor vos dará um sinal: eis que uma Virgem
conceberá e dará à luz um Filho."

Contemple, como revelado por Rafael, o sacramento do Amor!
As cortinas da terra se abrem, o véu de Deus é levantado;
Vem uma Criança, enviada de Seu seio
Para presidir ao banquete da vida, Seu Pão e Cálice,
Tornando claro Seu propósito de cear com os homens.
A luz irrompe, o Sinal se cumpre,
Uma Mãe-Virgem segura um Bebê Divino.

Seus pés graciosos descem a escadaria de nuvens,
Trazendo grande socorro a um mundo desamparado;
De cada lado, um homem e uma mulher partilham
Um êxtase comum, saudando o amanhecer
Do novo dia de Deus, a manhã eterna —
De um dia como este, que de Leste a Oeste
Dispersará a escuridão, cumprindo os desígnios do Amor.

Ele volta um rosto todo radiante para o Sol,
Encantado com a visão que contempla;
Ela olha para o que agora se inicia,
Curvando-se, sombreada pelo trono
Formado pelos braços de uma Donzela, tornados maternos;
Mais belos que o marfim, mais puros que o ouro,
Mais fortes e justos para sustentar.

Sobre dois querubins, tornados sábios pela vigília,
Caiu um encanto — um sonho profético;
Seus olhos elevados e visionários,
Como estrelas refletidas em um riacho tranquilo,
Parecem olhar além da Criança e da Mãe;
Um ramo de espinhos torcido e uma cruz

Lhes são revelados — Seu trono e diadema.

Os céus superiores se abrem, e ali uma multidão
De adoradores aparece com olhos iluminados pelo amor,
Como estrelas espiando através de uma nuvem diáfana,
Discernidas de forma tênue enquanto a manhã se aproxima,
Espalhando um manto radiante sobre o túmulo da noite.
O que o Sinal abençoado significa
Eles em parte entendem, e por isso se alegram.

Mas a Mãe sabe mais, e mais vê
Que o anjo ascendente ou o santo que sobe;
Seu coração, familiarizado com os mistérios
Das obras de Deus sob o impulso do amor,
Conhece o remédio para a aflição humana.
As nuvens estão todas abaixo dela, e acima,
A luz da vida, o esplendor do amor.

E Ele, a quem saudamos como Senhor do amor e da vida,
Está em seu colo, uma flor bela;
O sopro pentecostal que levanta seu véu
Tocou Sua testa real, agitou Seus cabelos,
E beijou Seus lábios, apenas entreabertos para uma prece.
Esse vento espiritual soprará, esse Rosto brilhará,
Até que todos os Seus irmãos reconheçam o Sinal de seu Pai.

Dresden: 1883.

O Portão de Belém.

Bethlehem Gate
Um quadro de Dante Gabriel Rossetti

De tempos antigos, por portões que se fechavam,
Dois exilados seguiram com olhos baixos;
Agora o Presente redime o Passado,
O Éden de Deus está em Belém.

Um Éden sem muros que o cerquem,
Abrangido pelos braços de Maria,
Um santuário vivo, uma "casa do pão,"
Um verdadeiro refúgio de repouso.

Eis o Príncipe da Paz! Ao redor
De seu berço, tempestades furiosas rugem;
Ele deve peregrinar,
Um exilado, sem lar e sem coroa.

E ainda assim, para designar Sua Realeza,
A Estrela de Belém, nunca extinta,
Brilha como um diadema radiante,
Enquanto anjos guardam Seus passos.

Mesmo agora, eles veem a Face do Pai,
E cantam uma canção triunfal;
Admirados e em adoração,
Acompanham Sua Sagrada Família.

Dois guardam o sombrio portão: um
Com semblante grave observa o passado;
Para ele, um rápido olhar revela
Uma matança já iniciada.

O outro, olhando para frente, vê
A glória da era que virá,
A fecundidade do martírio,
Das mortes que são novos nascimentos.

Ó mães em pranto, enxuguem suas lágrimas!
A Mãe que este quadro mostra
Nem teme nem chora, embora saiba
Uma angústia mais profunda que seus medos.

Ela conhece um consolo ainda maior
Para todos que peregrinam;
Pois no sofrimento, de era em era,
Deus sela os servos de Sua Vontade.

Seu Fardo é sua força;
Guiada pela Pomba Sagrada,
Ela vê a vitória do Amor
Além da Cruz e do Sepulcro.

José está ao seu lado, a protegê-la;
Sua atenção é a sombra da Providência divina.
Quão doce é o perfume
Das suas preces incessantes!

Eles avançam por portões sempre abertos,
Trilhando um novo e vivo caminho,
E assim alcançam a verdadeira "Casa do Pão,"
Um jardim para o deserto.

Para nós, parece uma fuga; para eles,
É uma partida para conquistar
O mundo de Satanás e do pecado,
E construir a Nova Jerusalém.

Senhor Cristo! Para toda alma que busca,
Tu és a Porta e o Caminho;
Todos, todos encontrarão um dia
Em Teu Coração seu destino eterno!

Loch Leven: 1884.

São José.

Um jardim fechado era o lugar
Onde Maria cresceu, a flor perfeita de Deus;
Um, e apenas um, percebeu sua graça
E visitou seu refúgio.

A escolha de Deus foi também a dele;
Fortalecido pelo amor,
Para proteger a Mãe do Rei;
Nenhum coração, exceto o dela, teve um canto
Tão doce quanto o dele para entoar.

Ainda assim, nas páginas sagradas
Não há registro de uma palavra sua;
Ele guarda a Arca de Deus, um sábio silencioso,
Puro como os Querubins.

Mas mais doce que a mais doce palavra
Registrada dos sábios e bons,
Seu silêncio é uma música ouvida
Nas alturas e compreendida.

Bem-aventurados todos os que tomam parte
Entre os coros de cânticos;
Três vezes abençoado é o coração meditativo,
Cujo silêncio é um cântico.

Ballachulish: 1884.

Canção de Ninar.

Cantem, ventos, e cantem, águas,
Que a música do vosso canto
Silencie os maus presságios
Que tanto afligiram o mundo;
Aquele que tornou vossas vozes melodiosas
Vem corrigir os erros do passado.

Trinem, pássaros canoros,
Elevem alto os vossos louvores,
Alegre cotovia, tordo e melro,
Nos bosques e nos céus,
Façam sua música, envergonhem nosso silêncio,
Até que saibamos responder.

O riso das crianças é uma melodia
Que flui de uma fonte oculta;
Embora os homens duvidem de seu valor,
Bem merece ser descoberta.
Definha lentamente o coração
Que não sabe rir e cantar.

Ouçam, uma canção de ninar! O Cantor
É o Coração do Deus Altíssimo;
Todas as vozes doces são ecos
Que em tons variados respondem
Àquela Voz que, através das eras,
Canta a canção de embalar da terra.

Muitas vezes, um bebê insones
Por um tempo se inquieta e chora:
De repente, um dedo invisível
Fecha suavemente seus pequenos olhos.
Assim, o Deus que embala a criança

Lhe traz tranquilidade.

Sua é a Presença que tudo envolve;
Ó, que ensino ela traz
Às pequenas vidas que amadurecem
Sob a proteção de Suas asas;
As demoras de Deus não são negativas,
Enquanto Ele espera, Ele canta!

Somente veem e cantam aqueles
Que invalidam o desespero
Com as altas esperanças que nutrem,
Com os atos corajosos que ousam,
Com as aspirações incessantes
De uma vida de oração.

Irmãos, irmãs, elevem suas vozes,
Que o êxtase do vosso canto
Afugente as tristes incertezas
Que tanto atormentaram o mundo;
Deus quer que compartilhemos o triunfo
Que corrigirá os erros.

Loch Laggan: 1884

Uma Criança no Berço.

(Para E. A. G.)

Eis aqui a herança do mundo,
O tesouro dos lares felizes;
Pelo qual a mais humilde cabana
Se torna um palácio encantado de romance.

Um berço é o altar da mãe:
Dois lampiões o iluminam—seus doces olhos,
Cuja luz de amor, como a de uma Madonna,
Cai sobre a divina infância adormecida.

A presença de uma "coisa sagrada,"
Como a de uma Madonna, seu coração percebe,
E, como um incenso perfumado, arde,
Sombreada pela asa de um anjo.

Sua maternidade protetora é forte;
Uma alegria trêmula agita seu peito,
Seus pensamentos são adoradores de vestes brancas,
E o "Magnificat" é todo o seu cântico.

Entre sussurros de anjos dizendo "bem-vinda,"
Ela aguarda o momento do despertar,
A abertura de dois portões de pérolas,
O levantar de dois véus de seda.

Ah! Então, que palavras podem descrever a felicidade,
O êxtase do abraço afetuoso,
Quando os lábios da mãe, no rosto do bebê,
Banqueteiam-se e são banqueteados com um beijo?

E quem pode descrever as mãozinhas e pezinhos,

As maravilhas covinhas, os encantos escondidos,
As curvas graciosas de pernas e braços,
Tão doces e macios, tão macios e doces?

Este ainda é o tesouro do mundo,
O tesouro dos corações casados,
Pelo qual o amor do Pai concede
Sua alegria, para completar sua felicidade.

Tyntesfield: 1884

Um Berço Vazio.

Um pequeno berço está vazio,
Somente o som das lágrimas de uma mãe a cair;
Mas seus pensamentos não estão na terra, nem no subsolo;
Elevando o olhar, ela percebe a Fonte
Da vida; ouve a Voz viva que disse
"Não temas" às mulheres que choravam,
Ao encontrar um túmulo vazio e anjos ao redor,
Que perguntaram: "Por que buscar entre os mortos Aquele que
vive?"

Assim chora nossa Mãe Igreja—suas lágrimas brilham
Mais que gotas de orvalho sob o sol da manhã de verão;
O arco-íris de Deus a envolve, o belo sinal da Esperança,
Pelo qual ela sabe que sorrisos nascem das lágrimas;
Plena de vida, ela deseja assegurar
A seus filhos a derrota definitiva da morte.

Carlisle: 1884

Véspera de Ano-Novo.

Que Deus permita, nos anos e dias vindouros,
Que nossos corações pulsantes sejam
Harpas a celebrar o louvor
Daquele que ama eternamente!
Nenhuma dor ficará sem alívio
Quando o Próprio Amor se aproxima;
Nenhum cálice estará vazio, nenhuma tristeza
Amargará o Ano Novo de Deus.

Os passos do Tempo logo se apagam,
Rápido se esvazia sua ampulheta;
Aguardamos um Dia vindouro
Que nunca mais passará.
Velhas esperanças revivem, novas esperanças nascem,
Para alegrar os meses que chegam;
E medos fantasmas e dores desgastadas
Morrem com o ano que se despede.

Ó, que todos os anos e todos os dias
Nossos corações em espera sejam
Harpas vibrando com o querido louvor
Daquele a quem pertence a Eternidade!

S. Barnabas': 31 de dezembro de 1883

A Vítima.

Para a Festa da Circuncisão: Dia de Ano-Novo

Imagino que o sol nasceu rubro e ardente
Naquele grande Dia de Ano-Novo,
Quando Sangue foi derramado no berço
Onde repousava o Amado de Maria.
A cotovia, que se eleva com o sol,
Permaneceu em silêncio em seu voo;
O rouxinol, ao cair da noite,
Esqueceu-se de entoar sua melodia.

Um silêncio sagrado reinava ao redor,
Toda voz foi calada,
Pois no berço encontrou-se a Cruz,
Escolha do Infante-Vítima.
Como o raio de lua sobre um lago tranquilo,
O rosto da Mãe era pálido;
Seus olhos brilhavam como estrelas,
E cada lágrima aumentava sua luz.
Imagino que uma lua corada olhou
Para aquele leito na manjedoura,
Tecendo uma coroa mística de glória
Ao redor da cabeça do que dormia.

O silêncio transforma-se em canção,
Eleva-se e cresce em intensidade;
Mais alegre e forte que a cotovia,
Mais doce que o canto de Filomela.
O hino longo e alto de sua Igreja
Proclama o triunfo da Vítima.

O Mediador.

Festa do Santo Nome, Danúbio, 1883.

Nos dias sombreados de tristeza da infância,
Que a memória revive hoje,
Em muitos estados de espírito e de formas diversas,
Meu coração ansioso costumava orar.
Era terra santa onde quer que eu pisasse,
O santuário de Deus estava em todo lugar;
Mas mal compreendia, naquele tempo,
Que Cristo é a Oração de Seu Pai.

Deus sempre busca a felicidade de Seus filhos,
Apela a eles; e, ouvido corretamente,
A música da criação é
O eco de Sua Palavra.
Mas quando a criança aprende sua parte,
O eco torna-se uma resposta firme;
Uma oração que brota do coração
E floresce como uma canção.

Cristo é a Palavra Viva de Deus,
Seu Poema e Sua Profecia;
O caminho de volta para casa, que Seus Pés trilharam,
A humanidade deve seguir.

E cada homem, filho e sacerdote de Deus,
É chamado ao ministério divino,
Aquele que vê o Regente do banquete da vida
Transformar água em vinho;
Que ouve a voz do Pai acima,
O sussurro do Espírito dentro de si;
Que reconhece o Mensageiro do amor,
O Conquistador do pecado.

Ó Senhor, és nossa Oração ao atenderes ao chamado de Deus,
E assim, sempre e em todo lugar,
Meu coração celebra um feriado contínuo.

O Médico.

A vida está triste pela perda de um amor?
Um golpe obscurece tua felicidade?
Sorrisos já não trazem luz,
Lábios distantes negam o beijo?
Para tua consolação, toma
Uma canção como esta:

Brilha sobre nós, ó Estrela da Manhã!
Ajuda nossos olhos lacrimejantes a ver;
Nunca pensemos que as coisas são
O que nos parecem ser;
Levanta-te, Aurora do Dia, e ao longe
Faz as sombras fugirem!

Jesus, Tu és rápido em abençoar,
Forte em consolar, habilidoso em curar;
Onde há fracasso, Tu trazes sucesso,
A dor é prenúncio de alegria;
Cada golpe é um carinho,
Cada pedaço de pão, uma refeição.

Mestre, Tu podes ressuscitar os mortos
Da cova, do leito, do esquife;
Almas perdidas, abandonadas, enganadas,
Afligidas pela dúvida e pelo medo,
Não podem deixar de ser consoladas
Quando Tu te aproximas.

Mais doce que o som dos sinos do domingo,
Que dissipam as preocupações dos dias comuns,
É Tua graciosa voz que revela
O que o amor do Pai prepara,
Conduzindo-nos às fontes da salvação

Pelos degraus do altar de Deus.

Senhor, Tu és o Mestre dos cantores,
E Tua canção é um chamado;
Muitos permanecem à margem da vida,
Muitos caem pelo caminho,
Mas Teu Coração, que traz conforto,
É um Lar para todos!

Tirol, 1882.

O Poeta.

O poeta é filho de Deus,
Com olhos ungidos que enxergam
Um sacramento de amor
Na terra, no mar e no céu,
E sente-se compelido, sob o mandado do amor,
A profetizar.

O amor é a raiz da beleza,
O amor é a fonte da vida,
O amor é o único intérprete
De tudo que é belo:
Este é o tema de sua canção,
E, por isso, bem pode o poeta cantar!

Ele entoa uma canção inspirada pela alegria,
Pois, de longe, escuta
Um sussurro que silencia a tempestade,
Um riso através das lágrimas,
A música da eternidade
Além dos anos que morrem.

Sua canção é êxtase, pois ele vê
A beleza de Deus; e nós,
Quando abençoados com sua visão,
Compartilharemos sua felicidade.
Ó, venha o dia em que todos cantarão
Uma canção tão jubilosa quanto a dele!

Senhor Cristo, Tu és o Rei do Amor,
Tu és o verdadeiro Poeta;
Os homens que desejam partilhar Tua visão
Devem aprender a realizar Tuas obras;
Todos, todos terão um coração cantante

Aqueles cujos passos seguem os Teus!

Pitz Ortler, 1882

Três Irmãs.

Três fontes cristalinas brotam
Em um jardim isolado;
Sob a sombra e proteção de uma cabana,
Três pombas irmãs fazem seu abrigo.

Por um mesmo caminho, de mãos dadas,
Três Graças-Irmãs seguem juntas;
Jamais esquecerei o dia
Em que as encontrei na terra encantada.

Elas surgiram, não sei como nem de onde:
Um halo cercava a cabeça
De cada uma, transfigurando-as
Enquanto subiam o monte do incenso.

Não sei como floresceram, nem de onde vieram:
Cada uma mais doce que a mais doce rosa
Que cresce no jardim encantado,
Onde arde o arbusto que nunca se consome.

Uma é como o sol nascente,
Quando a manhã orvalhada abre seus olhos;
Outra é sábia como Minerva;
E uma é como um lírio, delicada e pura.

E todas são queridas. Parece-me ver
A trama de um cordão triplo—
Ouvir uma palavra suavemente sussurrada:
"O amor faz de três uma unidade."

Um Enigma de Natal.

Para Crianças Grandes

As crianças sabem o que eu não sei,
Embora não saibam que sabem;
Eu não saberia, se o amor não crescesse,
Que não saber é parte do que é.
Flores com raízes frágeis não florescem,
Águas rasas transbordam pouco,
E o amor está condenado se não crescer.

Os tolos que pensam colher sem semear
Verão o amor ser derrubado;
Aqueles que dizem "Vamos" e não vão
Enfrentarão o juízo do amor;
Todos que não exibem os sinais do amor,
E não se entregam completamente a ele,
Verão o amor, em sua plenitude, derrubá-los. .

Quatro Epifanias.

I.

Os Reis Peregrinos encontram seu Rei,
Os Sábios ajoelham-se no altar da Sabedoria,
Seus presentes reais cercam o Berço,
Ele lhes oferece pão e vinho.

Uma Estrela aponta para o Sol,
Para que os homens vejam e compreendam
O testemunho que tudo dá àquele que,
Em Sua Mão Direita,

Como lâmpadas ao redor de um altar,
Mantém todas as luzes que brilham, todos os mundos que
existem.
Felizes são os homens cujos corações discernem
A Epifania do Rei.

II.

A Criança obediente volta Seu rosto
Para buscar a Casa de Oração de Seu Pai,
Com outras crianças toma Seu lugar
E ali é aprendiz.

Dois mundos existem; a criança a ambos pertence,
Profeta de Deus, nascida para abençoar;
Mas não por ação, nem por palavras,
Somente por encantamento.

Pois, como a Criança de Belém,
Os bebês trazem sua bênção de longe,

Enriquecendo todos os que os acolhem
Por serem quem são.

III.

Uma voz dos céus falou claramente,
Ouvida pelo amigo do Noivo,
Quando, sombreado pela nuvem de glória,
Ele viu a Pomba descer.

Uma só Voz anunciou o Verbo,
Para que os homens ouvintes realmente compreendam
O significado de todas as vozes que já ouviram,
Acima, ao redor, abaixo—

Sussurros suaves e risadas altas,
O canto dos pássaros, o zumbido dos insetos,
A música tempestuosa da nuvem de trovão—
E que fiquem mudos nunca mais.

IV.

Aquela alegria do júbilo nupcial,
Primeiro sentida em Caná, não cessou;
A Presença de Cristo ainda alegra a terra,
Ainda glorifica o banquete.

O Senhor do banquete da vida
Ainda, com um sinal sacramental,
Confirma o amor do homem e da mulher,
E transforma a água em vinho.

E Sua glória ainda é revelada

Quando amantes prometem e mantêm seus votos;
Ele próprio é o Noivo que selou
A Igreja para ser Sua Esposa.

A Eucaristia das Crianças.

O Belém coroado de estrelas das crianças,
A "casa do pão" das crianças,
Onde os braços de Jesus as envolvem,
E as alimentam com leite e mel:—
Assim é a Igreja, cujos portões do altar
Estão sempre abertos,
Preparada a mesa onde Ele aguarda
Para alimentar os corações dos homens.

Um Bebê veio para abençoar um coração
(Ainda é Seu berço),
E para sempre a bem-aventurança dela
Pertence aos que fazem Sua vontade.
Uma Criança caminhou no Templo,
Conduzida pela Mãe Maria;
E sempre, pela voz das crianças,
Seu louvor é aperfeiçoado.

"Não as impeçam," Ele disse outrora:
Palavras tão firmes e doces
Ainda dão coragem às mães crentes
De se reunirem aos Seus Pés,
E trazerem seus bebês; seus corações percebem
(E, ó, que outros também percebam!)
Quanto o coração d'Aquele que fez a maternidade
Deve ansiar como o de uma mãe.

Um Lar feliz onde crianças oram,
Alimentadas com leite e mel,
Cujo altar brilha constantemente,
Cuja mesa é sempre farta:—
Assim é a Igreja; e doce é a canção
Que seus pequenos filhos cantam,

De todos os que ao Seu Altar se reúnem,
Os mais queridos ao nosso Rei.

Ballachulish: 1884.

Cânticos do Evangelho.

I. BENEDICTUS

Podem lábios sacerdotais, há tanto silenciados,
Erguer um cântico tão elevado e forte,
Transformando nosso hino matinal de louvor
Tão jubiloso quanto o cântico vespertino?
Sim: não apenas os lábios, mas os olhos
De Zacarias foram abertos,
Para ver e cantar os mistérios
Revelados ao amor e ao arrependimento.

Com a clara visão de um profeta,
Ele canta sobre uma redenção realizada,
Pela qual, libertos do medo servil,
Os homens são conduzidos à liberdade filial.
Três coisas imutáveis e certas,
Sua promessa, aliança e juramento,
Revelam o propósito de Deus e asseguram
Tudo o que o homem necessita para vida e crescimento.

A promessa feita aos pais
Foi vista e reconhecida—o Verbo Encarnado;
A Cruz exibiu Sua aliança,
E Seu juramento foi ouvido em Pentecostes.

Quão grande o júbilo no coração deste pai,
Que canta com raptura profética;
Seu cântico é prelúdio daquela 'Voz'
Predestinada a proclamar o Rei.
Sua alegria é o prenúncio do júbilo
Que encherá os corações de todos,
Quando sobre uma terra recriada

O cetro de Cristo reinar em justiça.

Ele canta sobre luz para olhos obscurecidos,
Sobre o caminho da paz para pés errantes,
Conta como a Aurora se levantará,
E sombras fugirão, dores cessarão.
E ainda os filhos da Igreja elevam
Este cântico tão elevado e forte,
Que transforma seu hino matinal de louvor
Tão jubiloso quanto o cântico vespertino.

Loch Laggan: 1884.

II. MAGNIFICAT

O barulho da terra é suplantado pela música de Deus,
A discórdia do pecado ela exclui,
Fala-nos de um Cordeiro que sangra
E de uma Pomba que paira.
Fala-nos de uma Criança que traz
A ajuda que nos liberta;
O cântico que Sua Jovem-Mãe canta
Sobre a humanidade salva.

O papel de Mãe e Irmã ela desempenha;
Ela lidera o coro
Daqueles cuja pureza de coração
É desejo ardente.
Acima do mar manchado de sangue,
Dissipando dúvida e medo
Com sua celestial melodia,
Nossa Miriam anima
Os homens cujos corações, em retorno ao lar,
Permanecem leais ao seu Rei;

Quando todos dela aprenderem seus papéis,
Então toda a criação cantará!

O mais doce dos cânticos do Evangelho,
Tão querido aos Santos,
Pertence a cada entardecer
Ao longo do ano mutável.
Santifica a hora vespertina
Quando o verão sorri sereno;
É um poder que constrange à alegria
Quando os ventos do inverno sopram intensos.

"Minha alma engrandece ao Senhor"—
Extática é a voz
Que canta sobre o Paraíso restaurado—
"Meu espírito se regozija!"

Pinzolo: 1882.

III. NUNC DIMITTIS

Para embalar o Filho de Maria,
Um velho homem abre o coração;
Vê-lo partir em paz com Deus
E permanecer nessa paz é sua consolação.
Ele canta o próprio Cântico da Paz,
Respondendo ao Verbo divino;
Sua canção de ninar nunca cessará
De fazer sua melodia ressoar.

Pois todos os filhos da Noiva,
Os súditos do Rei,
Com cada entardecer que retorna,
Aprenderam seu cântico a cantar.

Ele canta sobre "paz", "salvação", "luz":
Suas palavras belas tomamos
Como consolo noite após noite,
Até que a manhã de Deus despontar.

Então, quando nossos olhos ofuscados se fecharem,
Com nossa última respiração,
O doce e tranquilizador hino do velho
Dará as boas-vindas à morte com alegria.

Nós também podemos ver o que Simeão viu—
A Mãe imaculada,
E nossos corações acolherão com igual felicidade
O Filho Eterno!

Tyrol: 1882.

Notas.

Nota A.

A Madonna di San Sisto

A célebre pintura de Rafael, da Mãe e Seu Filho Divino, localizada na Galeria de Dresden, é amplamente reconhecida, mesmo que apenas por meio de gravuras e fotografias. No entanto, a beleza das cores, impossível de captar plenamente sem ver o original, é notável: as cortinas abertas são verdes (a cor da terra), e a Virgem Mãe emerge, por assim dizer, do seio branco de um céu inclinado, cujas vastas distâncias desaparecem em um firmamento azul repleto de rostos angelicais.

Muitos sentem que esta obra de arte—simultaneamente serena e apaixonada—é uma revelação. Ao nos rendermos à sua fascinação e explorarmos suas profundezas, percebemos a justificativa das palavras de Faber: "A arte cristã, corretamente compreendida, é simultaneamente uma teologia e um culto; uma teologia com métodos próprios de ensino, formas únicas de representação, descobertas devotas e opiniões variadas, todas belas enquanto subordinadas à mente da Igreja... A arte é uma revelação do céu e um poder poderoso para Deus. Ela é uma misericordiosa revelação aos homens de Sua beleza mais oculta, trazendo à luz coisas em Deus que palavras não conseguem expressar" (Bethlehem, p. 240).

Minha leitura dessa pintura inigualável foi corroborada por ninguém menos que Canon Westcott, cuja análise sobre "A Relação do Cristianismo com a Arte" enriquece nosso entendimento: "Na Madonna di San Sisto, Raffaello representou a ideia de maternidade e filiação divinas em formas inteligíveis. Ninguém pode se deter nas figuras individuais. A plenitude trêmula de emoção no rosto da Mãe e o olhar intenso e profundo da Criança obrigam o observador a olhar além. Para ele, também, a cortina é aberta; ele sente a comunhão entre o céu e a terra e entende o significado dos Santos acompanhantes que expressam os diferentes aspectos dessa dupla comunhão" (*Epistles of S. John*, p. 358).

Por fim, vale destacar as palavras de Mrs. Jameson: "Vi meu ideal realizado uma única vez, quando Raffaello—inspirado como poucos—projetou naquele espaço a extraordinária criação que chamamos de Madonna di San Sisto. Ali ela está: a mulher transfigurada, ao mesmo tempo completamente humana e divina, uma abstração de poder, pureza e amor, equilibrada no ar purpúreo sem qualquer suporte, olhando com sua boca amorosa e melancólica, seus olhos ligeiramente dilatados e proféticos, através do universo, até o fim de todas as coisas. Triste, como se já contemplasse a espada que atravessaria seu coração através d'Ele, que agora descansa como que entronizado em seu coração; mas exaltada pela homenagem das gerações redimidas que a saudarão como Bendita" (Legends of the Madonna, p. 44).

Nota B.

Bethlehem Gate

Extraio o seguinte de notas inéditas sobre as obras de Rossetti exibidas na Burlington House há dois anos: "Bethlehem Gate" é o título de uma encantadora parábola ilustrada. À esquerda, vemos o massacre dos inocentes, representando o mundo, onde este mesmo ultraje se repete continuamente, pois todo pecado é, na verdade, pecado de derramamento de sangue, colocando a vida em perigo. À direita, a Pomba Celestial conduz as crianças eleitas por Deus, a Sagrada Família, a Igreja infantil, para a terra da justiça.

A Virgem-Mãe, com o Divino Inocente entronizado em seu peito, acompanhada e protegida por dois anjos—um olhando para trás e outro para frente—e escoltada por São José, atravessa o portão da Cidade de Davi. O Egito sob seus pés torna-se terra santa. Assim, com toda cerimônia apropriada, inaugura-se a peregrinação da Igreja pelo mundo, ao longo dos séculos.

Nota C.

O Mediador

"O Verbo se fez carne e habitou entre nós". Essa é a suprema e majestosa Verdade que domina os pensamentos dos filhos do Reino. Seus olhos estão fixos na Vida contida nas Escrituras, mais do que no próprio registro em si.

Para eles, os oráculos de Deus são vivos, pois não encontram apenas palavras sobre Cristo, mas o próprio Cristo, o Verbo. Eles leem as Escrituras sob a luz da grande Tradição que vive e cresce com a vida e o crescimento da Igreja portadora do Espírito. Essa Tradição não é algo não escrito, mas inscrita em caracteres espirituais nas tábuas do coração pelo Espírito Santo, o Dedo de Deus. Para os que são Seus alunos, todas as coisas são palavras divinas manifestadas de formas diversas, e o Verbo feito carne é o Mistério abrangente, o eterno Sacramento que revela e satisfaz.

Esse Verbo é uma Pessoa Divina cuja humanidade é uma agência mediadora viva, permanente e eficaz. Esse Verbo, eternamente pronunciado pela Boca de Deus, foi, na Encarnação, expresso em outra linguagem, tornando-se audível e compreensível para o homem. Por meio dessa linguagem comum a Deus e ao homem, o pensamento de Deus tornou-se pensamento humano, e o pensamento humano tornou-se o pensamento de Deus. No Verbo Mediador, Deus e o homem se tornam um; Ele é a Expiação. Sendo o Verbo, Ele é também a Oração de Deus e do homem, cuja expressão é a evidência contínua dessa Expiação, ocupando e satisfazendo eternamente aqueles que n'Ele estão unidos.

"O mediador não é mediador de um só, mas Deus é um", declara São Paulo, resumindo esse mistério. O salmista já havia vislumbrado essa característica central do cristianismo ao, em espírito profético, falar de Cristo como Oração.

É desnecessário dizer que o santuário da Eucaristia é a escola onde essa verdade é mais eloquentemente ensinada e eficazmente aprendida.

Nota D.

Três Irmãs

A seguinte interpretação, que acompanhou o poema quando foi publicado pela primeira vez, é mantida para aqueles que o acolheram na época:

Quem canta para crianças ou conta histórias deve estar preparado para muitas perguntas, algumas difíceis de responder. Duas perguntas frequentes são: (1) "É verdade?" e (2) "O que significa?"

Sobre meu pequeno poema, respondo sem hesitação à primeira pergunta: "Sim, é tudo verdade." Mas a segunda pergunta é mais desafiadora. Se, no entanto, uma resposta for exigida, eu diria algo como isto:

A história de Deus não tem fim; ela é mais maravilhosa do que qualquer coisa do mundo encantado e mais bela do que qualquer conto de fadas. O Evangelho e o Credo são parte dessa história, e é disso que trata o poema. Ele fala do jardim de Deus—o paraíso restaurado—uma terra renovada, onde uma trindade em unidade, observável em todas as coisas, testemunha d'Ele, como uma sombra projetada do alto.

Verso 1: Três fontes (que brotam debaixo de um mesmo altar-trono) alimentam um rio (que, visto de baixo, é quádruplo). Esse rio circunda e fertiliza toda a terra, o jardim de Deus, que contém a árvore da vida, onde três pombas compartilham um único ninho.

Verso 2: A revelação mais plena emerge da própria natureza humana em comunhão com Deus. A "dama eleita," representando a humanidade, é filha, esposa e mãe; e, em termos de características essenciais, representa fé, esperança e amor. A consciência emergente é o lugar onde essas dimensões se encontram—a "terra encantada" da existência fenomênica.

Verso 3: Da "terra encantada," a humanidade é conduzida por um caminho de sacrifício até alcançar o cume da montanha coroada pela cruz, onde todos são iluminados por uma luz que emerge de dentro, como na Transfiguração. Isso só é possível quando deixamos de ser centrados em nós mesmos e nos tornamos centrados em Cristo.

Verso 4: Todo crescimento é misterioso e secreto, parte do mistério da vida. O desenvolvimento humano segue o padrão indicado na narrativa da criação: primeiro a luz, depois a vegetação; primeiro o sol, depois as flores. No jardim da Encarnação, tudo é restaurado: o deserto floresce como uma rosa, e o humilde arbusto do deserto se torna uma árvore de renome, viva e ardente pelo fogo divino.

Verso 5: Cada flor é como um pequeno sol, brilhando em conformidade com seu Criador, sustentada por orvalhos da graça. Seu brilho alimenta a esperança. Pela fé, a antiga reverência à sabedoria é justificada e transfigurada. E o amor, unido à pureza, olha para nós do doce rosto branco do lírio.

Verso 6: Todos os homens, como essas três graças irmãs, devem unir mãos e corações. Assim será tecida uma corda de três dobras, divinamente forte e inquebrável. E o testemunho, reiterado pela voz mansa e suave do Divino Sussurro, será aceito por todos, porque será vivido por todos: "O amor faz da trindade uma unidade" e "Deus é amor."

"É isso que o poema significa?" imagino meu interlocutor perguntando. "Sim, isso é um pouco do que significa—apenas um pouco."

Nota E.

Quatro Epifanias

Poucas coisas demonstram tão claramente o instinto divino que habita na Igreja quanto a construção de seu Calendário e a organização de seu ano litúrgico. Assim como o Credo, que ensina e reforça suas verdades, o Calendário cresceu gradualmente como resultado e expressão da vida devocional da Igreja. A Epifania, ou Festa da Manifestação, foi uma das primeiras celebrações solenes instituídas e, com o tempo, o dia foi estendido para uma estação que abrange seis domingos. A Igreja queria que seus filhos compreendessem que, em tudo o que fez e disse, o Senhor manifestava Sua glória e confirmava Sua grande declaração: "Eu sou a Luz do mundo."

As quatro epifanias mencionadas no poema estão relacionadas às leituras bíblicas designadas para o Dia da Epifania e os dois domingos subsequentes:

1. A primeira foi feita aos Magos do Oriente, representando a sabedoria inspirada do mundo gentílico.

2. A segunda aos Doutores do Templo, simbolizando a sabedoria das Escrituras ensinada aos judeus.

3. A terceira ao Precursor, João Batista, o último e maior dos profetas-heraldos da Encarnação.

4. A quarta ao Noivo, à Noiva e aos convidados do casamento em Caná da Galileia, representando a humanidade, cujo arquétipo permanente é a família.

A Igreja Católica, por meio de seus métodos, tanto quanto por seus Sacramentos, Escrituras e Credos, mantém seu protesto contra as limitações que desfiguram todos os sistemas meramente humanos. Ela dá testemunho fervoroso d'Aquele que é "a Luz que ilumina todo homem que vem ao mundo." Este é o verdadeiro significado das solenidades que acompanham a observância da Epifania.

Nota F.

Cânticos do Evangelho

A Árvore da Vida é a verdadeira Árvore de Natal. Suas raízes entrelaçadas sustentam o berço; seus ramos, repletos de flores e frutos, formam o dossel do Bebê Celestial, o Amado de Deus e dos homens. "Seu fruto serve de alimento, e suas folhas, de remédio." Cientes disso, os santos evangelistas descrevem a manjedoura como um "estábulo de alimentação," o lugar onde os famintos encontram sustento. "Eis que ouvimos sobre isso em (Belém) Efrata, e o encontramos na floresta."

Os cânticos do Evangelho expressam a alegria dos humildes, simples e puros de coração ao descobrirem este Renomeado Plantio, esta Casa do Pão. Eles ecoam nos lábios de uma donzela que é mãe, de um ancião que é criança, de um sacerdote que é profeta. Quando essas fontes de cânticos são abertas, sua música pertence mais ao céu do que à terra. .

A Mansão

Havia uma atmosfera de calma e opulência reservada na mansão Weightman que não sugeria dinheiro desperdiçado, mas riqueza aplicada com prudência. Situada em uma esquina de uma avenida que já não era mais um endereço residencial de prestígio, a casa observava o crescente movimento comercial com um ar de complacência e um leve desdém.

A casa não era bela. Não havia nada em sua fachada reta de pedra marrom-chocolate, em suas pesadas cornijas, nas amplas janelas de vidro reluzente, nas portas de mogno esculpido e adornadas com bronze, localizadas no topo de uma larga escadaria, que encantasse os olhos ou fascinasse a imaginação. No entanto, ela era eminentemente respeitável e, de certa forma, imponente. Parecia declarar que as reluzentes lojas de joalherias, modistas, confeitarias, floristas, galerias de arte, peleiros e antiquários de artigos raros e luxuosos estavam abaixo de sua atenção. Afinal, seus alicerces repousavam na alta finança, e a mansão fora construída literal e figurativamente à sombra da Igreja de São Petrônio.

Ao mesmo tempo, havia algo de autossatisfeito na maneira como a mansão permanecia firme em meio às mudanças do bairro. Parecia quase se erguer entre os altos prédios ao redor, como se sentisse o aumento do valor do terreno onde estava.

John Weightman era como a casa que ele havia construído para si mesmo trinta anos antes e na qual havia incrustado seus ideais e ambições. Ele era um homem que se fez por conta própria. Porém, em sua autoconstrução, escolheu um modelo altamente respeitado e seguiu regras aprovadas. Nada em sua personalidade era irregular, questionável ou extravagante. Ele era sólido, correto e, de forma justa, bem-sucedido.

Seus gostos secundários, é claro, foram cuidadosamente mantidos atualizados. No momento apropriado, ele acrescentou ao ambiente da mansão quadros dos mestres de Barbizon, prataria e retratos ingleses antigos, bronzes de Barye e mármores de Rodin, tapetes persas e porcelanas chinesas. A mansão continha uma sala de recepção em estilo Luís XV, uma sala de estar estilo Império, uma sala de jantar jacobina e outros ambientes que evocavam estilos de mobiliário de monarcas já falecidos. Que os corredores fossem curtos demais para a perspectiva histórica não fazia muita diferença. A arte decorativa americana é capaz de tudo; absorve todos os períodos. De cada estilo, o Sr. Weightman queria algo do melhor. Ele entendia seu valor presente como certificado de prestígio e futuro como investimento.

Foi apenas na arquitetura de sua casa na cidade que ele permaneceu conservador, imóvel, quase "cristão vitoriano precoce". Sua casa de campo em Dulwich-on-the-Sound era um palácio em estilo renascentista italiano. Mas, na cidade, ele se apegava a uma arquitetura que carregava associações morais, o período da "pedra marrom" do século XIX. Para ele, essa era uma expressão de sua posição social, doutrina religiosa e, de certo modo, de sua ética nos negócios.

"Um homem de princípios fixos," dizia ele, "deve expressá-los na aparência de sua casa. Nova York muda sua arquitetura residencial rápido demais. É como o divórcio. Não é digno. Não gosto disso. Extravagância e inconstância estão estampadas na maioria dessas novas casas. Quero ser conhecido por qualidades diferentes. Dignidade e prudência são características que inspiram confiança. Todos sabem que posso viver na casa que me convém. É uma garantia para o público. Inspira confiança. Fortalece minha influência. Há um versículo na Bíblia sobre 'uma casa com alicerces'. Esse é o tipo de mansão adequado para um homem sólido."

Harold Weightman ouvira muitas vezes seu pai discursar sobre os princípios fundamentais da vida, sempre com sentimentos ambíguos. Admirava imensamente os talentos do pai e a energia dedicada com que ele os desenvolvia. Mas algo na filosofia paterna o inquietava e o oprimia, fazendo-o ansiar, silenciosamente, por ar fresco e liberdade.

Durante seus anos na faculdade e na escola de direito, Harold cedeu, em certos momentos, a impulsos que o faziam se desviar: ora em direção à extravagância e à dissipação, ora, no movimento oposto, para uma dedicação quase romântica ao trabalho junto aos pobres. Ele sentiu a desaprovação de seu pai por ambas as formas de imprudência, mas esta nunca foi expressa de maneira dura ou violenta. John Weightman preferia uma paciência tolerante, como quem observa os erros e caprichos dos muito jovens. Ele não era precipitado, impulsivo ou descuidado, nem mesmo com seus próprios filhos. Com eles, como com o resto do mundo, sentia que tinha uma reputação a preservar, uma teoria a provar. Podia se dar ao luxo de esperar que eles percebessem, com o tempo, que ele estava absolutamente certo.

Uma de suas citações bíblicas favoritas era: "Espera no Senhor." Ele a aplicava tanto a imóveis quanto a pessoas, sempre com resultados lucrativos.

No entanto, para as pessoas, a sensação de estar sendo "esperado" nem sempre é agradável. Às vezes, especialmente para os jovens, isso gera um vago sentimento de inquietação, uma espécie de ressentimento mudo, que é agravado pelo fato de ser difícil explicar ou justificar esse sentimento. John Weightman não percebia isso; estava além do seu horizonte. Ele não considerava essa questão no plano de vida que havia traçado para si e para sua família, vista como partícipe e herdeira de seu sucesso.

"Papai nos move" — disse Harold, em um momento de irritação, para sua mãe — "como peças em um jogo de xadrez."

"Meu querido" — respondeu a mãe, cuja fé no marido era quase religiosa —, "você não devia falar com tanta impaciência. Pelo menos ele ganha o jogo. Ele é um dos homens mais respeitados de Nova York. E é muito generoso também."

"Eu gostaria que ele fosse mais generoso em nos deixar ser nós mesmos" — retrucou o jovem. — "Ele sempre tem algo em mente para nós e espera que sigamos esse plano."

"Mas isso não é sempre para o nosso bem?" — questionou a mãe. — "Veja a posição que temos. Ninguém pode dizer que há qualquer mancha no nosso dinheiro. Não há boatos sobre seu pai. Ele seguiu as leis de Deus e dos homens. Ele nunca cometeu erros."

Harold levantou-se da cadeira e mexeu no fogo. Depois, voltou para perto da mãe, uma mulher elegante e confiante, sentada no sofá. Ele pegou sua mão gentilmente e olhou para os dois anéis que ela usava: uma fina aliança de ouro amarelo e um pequeno diamante solitário, que mantinham uma dignidade discreta, como se não se sentissem envergonhados, mas justificados, pelo esplendor da esmeralda que reluzia ao lado deles.

"Mãe" — disse ele —, "você tem uma mão maravilhosa. E papai não errou quando conquistou você. Mas tem certeza de que ele sempre foi tão infalível?"

"Harold" — exclamou ela, um pouco rígida —, "o que você quer dizer? A vida dele é um livro aberto."

"Ah" — respondeu ele —, "não quero dizer nada ruim, mãe querida. Sei que a vida do papai é um livro aberto — um livro-caixa, se preferir, escrito com a melhor caligrafia contábil e sempre pronto para inspeção — todas as páginas corretas, mostrando um saldo vantajoso. Mas não é um erro não nos permitir cometer nossos próprios erros, aprender por nós mesmos, viver nossas próprias vidas? Devemos sempre trabalhar para o "saldo", seja lá de que tipo for? Quero ser eu mesmo — sair desse 'plano' sempre tão lucrativo, perder-me por um tempo, pelo menos. Fazer coisas que quero fazer, simplesmente porque quero."

"Meu filho" — disse a mãe, preocupada —, "você não vai fazer algo errado ou tolo, vai? Você sabe que esse velho ditado sobre 'semear a má semente' é falso".

Ele jogou a cabeça para trás e riu. — Sim, mãe, sei disso. Mas, na Califórnia, você sabe, a má semente é uma das colheitas mais valiosas. Elas crescem por todos os lados e alimentam os cavalos e o gado. Mas não era isso que eu queria dizer. Diga que eu quero colher flores silvestres, se preferir, ou até mesmo correr atrás de sonhos impossíveis. Fazer algo que me pareça bom, simplesmente pelo prazer de fazê-lo, sem pensar em qualquer recompensa ou propósito prático. Sinto-me como um trabalhador contratado, a serviço desta mansão magnífica — como se estivesse em treinamento para o cargo de mordomo do meu pai. Gostaria de sair disso, sentir-me livre — talvez até fazer algo pelos outros.

A voz do jovem vacilou um pouco. — Sim, soa como conversa fiada, eu sei, mas às vezes sinto vontade de fazer algo de bom no mundo, se ao menos o papai não insistisse que Deus colocasse isso no livro-caixa.

Sua mãe mexeu-se desconfortável, e uma leve expressão de confusão apareceu em seu rosto.

"Isso não soa quase irreverente?" perguntou ela. "Certamente, os justos devem ter sua recompensa. E seu pai é bom. Veja o quanto ele doa para todas as instituições de caridade estabelecidas, quantas coisas ele fundou. Ele está sempre pensando nos outros e planejando para eles. E, com certeza, para nós, ele faz de tudo. Veja como ele planejou essa viagem à Europa para mim e as meninas — a apresentação na corte em Berlim, a temporada na Riviera, as visitas à Inglaterra com os Plumptons e os Halverstones. Ele diz que Lord Halverstone tem a melhor casa antiga de Sussex, puramente elizabetana, com todos os antigos costumes mantidos —

orações em família todas as manhãs para todos os empregados. A propósito, você conhece o filho dele, Bertie, não é?"

Harold sorriu levemente ao responder:

"Sim, pesquei na Ilha de Catalina em junho passado com o Honorável Ethelbert. Ele é um sujeito decente, apesar de sua mente um tanto introvertida. Mas você, mãe, é simplesmente magnífica! Você é a obra-prima do papai."

O jovem inclinou-se para beijá-la e saiu em direção ao Clube de Equitação para seu passeio da tarde no parque.

Assim aconteceu que, no início de dezembro, a Sra. Weightman e suas duas filhas embarcaram rumo à Europa para sua séria viagem de prazer, exatamente como estava escrito no "livro da Providência". John Weightman, que havia registrado tal evento, permaneceu para passar o restante do inverno com seu filho e herdeiro na mansão de pedra marrom.

Eles estavam confortáveis o suficiente. A engrenagem do vasto estabelecimento funcionava tão suavemente quanto uma grande máquina elétrica. Também estavam ocupados o suficiente. Os planos e empreendimentos de John Weightman eram complexos, embora seu princípio de ação fosse sempre simples: obter bom valor para cada gasto e esforço. A casa bancária da qual ele era chefe — cérebro, vontade e mão absolutamente controladora — era tão admiravelmente organizada que os detalhes de sua gestão consumiam pouco tempo.

Porém, as dezenas de outros interesses que dela se irradiavam e dependiam — ou, talvez mais precisamente, que contribuíam para sua solidez e sucesso — exigiam muita atenção e uma gestão cuidadosa para que cada um produzisse o resultado desejado. Havia reuniões de conselhos corporativos e hospitalares, conferências em Wall Street e Albany, consultas e reuniões de comitês na própria mansão.

Para compartilhar desse universo de negócios e suas ramificações, John Weightman estava treinando seu filho em um dos mais renomados escritórios de advocacia da cidade, pois acreditava que a própria atividade bancária era simples, e que as verdadeiras dificuldades das finanças residiam em seu aspecto jurídico. Enquanto isso, ele desejava que o jovem conhecesse os homens com quem precisaria lidar quando se tornasse sócio da casa. Assim, durante o mês de dezembro, dois jantares foram organizados na mansão, após os quais o pai comentou com o filho que, ao redor daquela mesa, haviam se sentado mais de cem milhões de dólares.

Na véspera de Natal, porém, pai e filho jantaram juntos, sem convidados. A conversa, travada sobre uma mesa ampla, brilhando com prataria e cristais e iluminada suavemente por velas com cúpulas, era íntima, embora um pouco lenta às vezes. O homem mais velho estava em um raro estado de espírito — mais expansivo e confidente do que de costume — e, quando o café foi servido e ficaram sozinhos, falou com mais liberdade sobre seus planos e esperanças pessoais do que jamais havia feito.

"Sinto-me muito grato esta noite," disse ele, finalmente. "Deve ser algo no ar do Natal que desperta em mim esse sentimento de gratidão pelas muitas misericórdias divinas que me foram concedidas. Todos os princípios pelos quais tentei guiar minha vida foram justificados. Nunca obtive o valor desta amêndoa salgada de uma maneira que os tribunais não aprovassem, pelo menos a longo prazo. E ainda—ou talvez fosse mais correto dizer, e por isso mesmo?—minhas questões prosperaram maravilhosamente. Há muito naquele texto 'A honestidade é a melhor'—mas não, isso não é da Bíblia, não é mesmo? Espere um momento; existe algo parecido, eu sei."

"Posso acender um charuto, pai?", perguntou Harold, virando-se para esconder um sorriso. "Enquanto o senhor tenta lembrar o texto?"

"Sim, claro," respondeu o homem mais velho, um pouco seco. "Você sabe que eu não desgosto do cheiro. Mas é um hábito inútil e desperdício, e, por isso, nunca o pratiquei. Nada que seja inútil vale a pena, esse é o meu lema—nada que não traga uma recompensa. Ah, agora me lembro do texto: 'Em verdade vos digo que já receberam sua recompensa.' Vou pedir ao Dr. Snodgrass que pregue um sermão sobre esse versículo algum dia."

"Usando você como exemplo?"

"Bem, não exatamente isso; mas eu poderia fornecer a ele um bom material, com base na minha própria experiência, para provar a veracidade das Escrituras. Posso dizer honestamente que nenhuma das minhas caridades deixou de me trazer um bom retorno, seja pelo aumento da influência, pelo fortalecimento do crédito ou pela associação com pessoas respeitáveis. Claro, você precisa ter cuidado com a maneira como doa para obter os melhores resultados—nada de doações indiscriminadas—nada de moedas em chapéus de mendigos! Sempre foi um dos meus princípios usar o mesmo tipo de julgamento nas caridades que uso nos meus outros negócios, e elas não me decepcionaram."

"Até mesmo o cheque que você coloca no prato durante a coleta de ofertas aos domingos de manhã?"

"Certamente; embora ali a influência seja menos direta. E devo confessar que tenho minhas dúvidas em relação à coleta para Missões Estrangeiras. Isso sempre me parece romântico e desperdício. Você nunca recebe um retorno claro disso. Dizem que os missionários fizeram muito para abrir caminho para o comércio; talvez—mas também nos meteram em dificuldades comerciais e políticas. Ainda assim, eu contribuo—ainda que pouco—por ser uma questão de consciência identificar-me com todos os empreendimentos da Igreja. Ela é o pilar da ordem social e de uma civilização próspera. Mas as melhores formas de benevolência são aquelas bem estabelecidas e organizadas aqui, em casa, onde as pessoas podem vê-las e saber o que estão fazendo."

"Você quer dizer as que têm um endereço local e um nome conhecido."

"Sim, elas oferecem, de longe, o retorno mais seguro, embora, é claro, haja algo a ganhar ao contribuir para fundos gerais. Um homem público não pode se dar ao luxo de não ter espírito público. Mas, no geral, prefiro um edifício ou uma doação patrimonial. Há uma vantagem mútua em associar um bom nome a uma boa instituição na mente do público. Isso beneficia ambos. Lembre-se disso, meu rapaz. No início, você terá que praticar isso em pequena escala; mais tarde, terá oportunidades maiores. Mas tente fazer suas doações de forma que possam ser identificadas e tragam benefícios gerais. Você verá a sabedoria disso a longo prazo."

"Já consigo enxergar isso, senhor. Do jeito que você descreve, parece incrivelmente sábio e prudente. Em outras palavras, devemos lançar nosso pão sobre as águas em grandes pedaços, transportados por navios sólidos e marcados com o nome do proprietário, para que o frete de retorno tenha certeza de voltar para nós."

O pai riu, mas seus olhos franziram ligeiramente, como se desconfiasse de algo irreverente sob a resposta aparentemente respeitosa.

"Você coloca de forma humorada, mas há sentido no que diz. Por que não? Deus governa o mar; mas Ele espera que sigamos as leis da navegação e do comércio. Por que não cuidar bem do seu pão, mesmo quando você o doa?"

"Não cabe a mim dizer por que não—mas ainda assim consigo pensar em casos—" O jovem hesitou por um momento. Seu charuto, já pela metade, havia apagado. Ele se levantou e o jogou no fogo, permanecendo de pé em frente às chamas—uma figura esguia, inquieta e ansiosa, com um toque de fome no rosto refinado, estranhamente semelhante e, ao mesmo tempo, diferente do pai, a quem ele olhava com uma curiosidade meio melancólica.

"A verdade, senhor," continuou ele, "é que há um caso assim na minha mente agora, e isso tem pesado muito no meu coração também. Pensei em falar sobre isso com você esta noite. O senhor se lembra do Tom Rollins, o veterano que foi tão bom comigo quando entrei na faculdade?"

O pai acenou com a cabeça. Ele se lembrava muito bem dos episódios desagradáveis da primeira escapada do filho e de como Rollins o apoiara, ajudando a evitar uma desgraça pública, e de como uma amizade próxima havia crescido entre os dois rapazes, tão diferentes em suas condições de vida.

"Sim," disse ele. "Eu me lembro dele. Era um jovem promissor. Ele conseguiu ter sucesso?"

"Não exatamente—quer dizer, ainda não. Os negócios dele não têm ido muito bem. Ele tem uma esposa e um bebê pequeno, sabe. E agora ele teve uma recaída—algo errado com os pulmões. O médico disse que a única chance dele é passar um ano ou dezoito meses no Colorado. Eu gostaria que pudéssemos ajudá-lo."

“Quanto custaria?”

“Três ou quatro mil, talvez, como empréstimo.”

“O médico disse que ele tem chances de se recuperar?”

“Uma chance de luta — é o que o médico diz.”

O rosto do homem mais velho mudou sutilmente. Nenhuma linha foi alterada, mas parecia ter uma substância diferente, como se fosse esculpido em algo firme e imperecível.

“Uma chance de luta,” ele disse, “pode servir para uma especulação, mas não é um bom investimento. Você deve algo ao jovem Rollins. Sua gratidão é louvável. Mas não a exagere. Envie-lhe trezentos ou quatrocentos, se quiser. Você nunca ouvirá falar disso novamente, exceto na carta de agradecimento. Mas, pelo amor de Deus, não seja sentimental. Religião não é uma questão de sentimentalismo; é uma questão de princípio.”

Agora foi o rosto do jovem que mudou. Mas, em vez de se tornar rígido e gravado, parecia derreter em vida com o calor de um fogo interior. Suas narinas se expandiram com a respiração rápida, e seus lábios se curvaram.

"Princípio!" ele disse. "Você quer dizer 'principal'—e juros também. Bem, senhor, o senhor sabe melhor se isso é religião ou não. Mas, se for, por favor, me exclua. Tom me salvou de cair na perdição, seis anos atrás; e eu estaria condenado se agora não o ajudasse com o melhor que puder."

John Weightman olhou para o filho firmemente. "Harold," ele disse por fim, "você sabe que eu detesto linguagem violenta, e isso nunca tem influência sobre mim. Se eu pudesse aprovar honestamente essa sua proposta, deixaria você usar o dinheiro; mas não posso. É extravagante e inútil. Contudo, você receberá seu cheque de Natal de mil dólares amanhã. Pode usá-lo como quiser. Eu nunca interfiro em seus assuntos particulares."

"Obrigado," disse Harold. "Muito obrigado! Mas há outra questão particular. Eu quero sair desta vida, desta cidade, desta casa. Isso me sufoca. O senhor recusou no verão passado quando pedi para ir à Missão de Grenfell, em Labrador. Eu poderia ir agora, pelo menos até a estação em Newfoundland. O senhor mudou de ideia?"

"De forma alguma. Acho essa uma empreitada extremamente tola. Isso interromperia a carreira que planejei para você."

"Bem, então aqui vai uma proposta mais barata. Algy Vanderhoof quer que eu me junte a ele no iate, com—bem, com um pequeno grupo—para um cruzeiro pelo Caribe. O senhor preferiria isso?"

"Certamente que não! O grupo de Vanderhoof é selvagem e sem Deus—não quero vê-lo mantendo companhia com tolos que seguem o caminho largo e fácil que leva à perdição."

"É uma escolha difícil," disse o jovem, com uma risada curta, enquanto se virava para a porta. "Pelo que o senhor diz, não há muita diferença — o paraíso de um tolo ou o inferno de um tolo! Bem, é um ou outro para mim, e vou decidir isso hoje à noite: cara, eu perco; coroa, o diabo ganha. De qualquer forma, estou farto disso tudo e estou fora."

"Harold," disse o homem mais velho (e havia um leve tremor em sua voz), "não vamos brigar na véspera de Natal. Tudo o que quero é convencer você a pensar seriamente nas responsabilidades e deveres aos quais Deus o chamou. Não fale levianamente sobre céu e inferno — lembre-se de que existe outra vida."

O jovem voltou e colocou a mão no ombro do pai.

"Pai," disse ele, "eu quero me lembrar disso. Tento acreditar nisso. Mas, de algum modo, nesta casa, tudo isso parece irreal para mim. Sem dúvida, tudo o que o senhor diz é perfeitamente certo e sensato. Não me atrevo a discutir contra isso, mas eu não consigo sentir — é só isso. Se é para eu ter uma alma, seja para perder ou salvar, eu preciso realmente viver. No momento, nem o presente nem o futuro significam nada para mim. Mas, com certeza, não vamos brigar. Sou muito grato ao senhor, e vamos nos despedir como amigos. Boa noite, senhor."

O pai estendeu a mão em silêncio. A pesada cortina caiu sem fazer barulho atrás do filho, que subiu a escadaria ampla e curva até o quarto.

Enquanto isso, John Weightman sentou-se na cadeira entalhada na sala de jantar de estilo jacobino. Ele se sentia estranhamente velho e abatido. Os retratos de belas mulheres feitos por Lawrence, Reynolds e Raeburn, que muitas vezes pareciam uma companhia real para ele, agora pareciam distantes e sem interesse. Ele imaginava algo frio e quase hostil na expressão delas, como se estivessem olhando através dele ou além dele. Pareciam indiferentes aos seus princípios, esperanças, decepções e sucessos; pertenciam a outro mundo, do qual ele não fazia parte. Diante disso, sentiu uma vaga frustração, um desconforto que ele não sabia definir ou explicar. Estava acostumado a ser considerado, respeitado e valorizado em todas as áreas — até mesmo em seus próprios sonhos.

Logo ele chamou o mordomo, pediu que fechasse a casa e não esperasse por ele, e caminhou a passos lentos até a longa biblioteca, onde as lâmpadas com abajures estavam acesas. Seus olhos pousaram nas estantes baixas cheias de livros caros, mas ele não sentiu vontade de abri-los. Nem mesmo as pinturas cuidadosamente selecionadas acima das prateleiras pareciam atrativas. Ele parou por um momento diante de uma cena idílica de Corot — uma dança de ninfas ao redor de algum altar esquecido em uma clareira enevoada — e a observou com curiosidade. Havia algo de jubiloso e sereno na imagem, um sopro de primavera nas árvores nebulosas, uma harmonia de alegria nas figuras dançantes, que despertou nele um sentimento misto de prazer e inveja. Era uma representação de algo que ele nunca conhecera em sua vida calculada e ordenada. Ele a observava com uma desconfiança vaga.

"É, sem dúvida, muito bonito", pensou ele, "mas claramente pagão; aquele altar foi construído para algum deus pagão. Não se encaixa no esquema de uma vida cristã. Duvido que seja consistente com o tom da minha casa. Vou vendê-lo neste inverno. Valerá três ou quatro vezes o que paguei. Foi uma boa compra, um negócio muito bom."

Ele se sentou na cadeira giratória diante de sua ampla mesa da biblioteca, que estava coberta de panfletos e relatórios sobre os vários empreendimentos em que estava envolvido. Havia uma pilha de recortes de jornal nos quais seu nome era mencionado com elogios: pelo seu papel de sustentação como um pilar das finanças, por sua benevolência criteriosa, pelo apoio a movimentos de reforma sábios e prudentes, e por sua discrição em fazer doações públicas permanentes. Um editor particularmente complacente chegou a chamar essas ações de "As Caridades Weightman", como se merecessem uma classificação própria.

Ele folheou os papéis sem entusiasmo. Havia uma descrição e uma foto da "Ala Weightman do Hospital para Deficientes", da qual ele era presidente; um artigo sobre o novo professor da "Cátedra Weightman de Jurisprudência Política" na Universidade Jackson, onde ele era curador; e uma matéria ilustrada sobre a inauguração da "Escola Primária Weightman" em Dulwich-on-the-Sound, onde ele mantinha residência legal para fins fiscais.

Essa última iniciativa talvez fosse a mais cuidadosamente planejada de todas as "Caridades Weightman". Ele desejava conquistar a confiança e o apoio de seus vizinhos rurais. Ficara bastante satisfeito quando o jornal local o descreveu como um cidadão ideal e o candidato lógico para o governo do estado; mas, no geral, parecia-lhe mais sábio manter-se fora da política ativa. Seria mais fácil e vantajoso colocar Harold na disputa, fazê-lo ser eleito para a Assembleia Legislativa pelo distrito de Dulwich, depois para a Câmara Nacional e, por fim, para o Senado. Por que não? Os interesses da família Weightman eram suficientemente grandes para exigir um representante direto em Washington.

Mas naquela noite, todos esses planos pareciam voltar à sua mente cobertos de poeira. Eram secos e frágeis, como habitações abandonadas. O filho, em quem sua ambição complacente se apoiava, havia virado as costas para a mansão das esperanças do pai. A ruptura talvez não fosse definitiva; e, de qualquer forma, ainda havia muito pelo que viver. As fortunas da família estariam seguras. Mas o entusiasmo por tudo isso desapareceria se John Weightman tivesse que abrir mão da certeza de perpetuar seu nome e seus princípios através de seu filho. Era uma decepção amarga, e ele sentia que não merecia isso.

Levantou-se da cadeira e começou a caminhar pela sala com passos pesados. Pela primeira vez na vida, sua idade era visível. Sua cabeça estava pesada e quente, e os pensamentos que rodavam em sua mente eram confusos e desanimadores. Poderia ser que ele tivesse cometido um erro nos princípios que guiavam sua existência? Não havia um argumento concreto no que Harold dissera — era quase infantil — e, ainda assim, aquilo abalara o homem mais velho mais profundamente do que ele estava disposto a admitir. Continha um ataque silencioso que o tocava mais do que uma crítica aberta.

E se o fim de sua vida estivesse mais próximo do que imaginava? O fim viria, inevitavelmente, algum dia—e se fosse agora? Não havia ele construído sua casa sobre a rocha? Não tinha cumprido os Mandamentos? Não era ele, "quanto à lei, irrepreensível"? E, além disso, mesmo que houvesse falhas em seu caráter—e todos os homens são pecadores—ele certamente acreditava nos ensinamentos salvadores da religião: o perdão dos pecados, a ressurreição do corpo, a vida eterna. Sim, afinal, essa era a verdadeira fonte de conforto. Ele leria um pouco da Bíblia, como fazia todas as noites, e então iria para a cama e dormiria.

De volta à cadeira, na mesa da biblioteca, um peso estranho de cansaço pousava sobre ele. Mesmo assim, abriu o livro em um lugar familiar, e seus olhos caíram sobre o versículo no final da página.

"Não ajunteis para vós tesouros na terra."

Esse havia sido o tema do sermão algumas semanas antes. Pesado de sono, ele tentou fixar sua mente nele e lembrar-se. O que foi que o Doutor Snodgrass dissera? Ah, sim—que era um erro parar a leitura nesse ponto. Era preciso continuar sem pausa: "Não ajunteis tesouros na terra, onde a traça e a ferrugem destroem, e onde ladrões arrombam e roubam." Esse era o verdadeiro ensinamento. Podemos ter tesouros na terra, mas eles devem ser colocados em lugares seguros, não em lugares vulneráveis. Uma doutrina muito reconfortante! Ele sempre a seguira. Traças, ferrugem e ladrões nunca haviam prejudicado seus investimentos.

Os olhos cansados de John Weightman se voltaram para o próximo versículo, no topo da segunda coluna.

"Mas ajuntai para vós tesouros no céu."

E o que o Doutor dissera sobre isso? Como isso deveria ser entendido—em que sentido—tesouros—no céu?

O livro parecia flutuar para longe dele. A luz desapareceu. Ele se perguntou, vagamente, se isso poderia ser a morte, chegando tão de repente, tão silenciosa, tão irresistível. Lutou por um momento para manter-se ereto, mas então afundou lentamente sobre a mesa. Sua cabeça repousou sobre as mãos cruzadas. Ele escorregou para o desconhecido.

Quanto tempo se passou até que a consciência retornasse a ele, John Weightman não sabia. O vazio poderia ter durado uma hora ou um século. Tudo o que sabia era que algo havia acontecido nesse intervalo. O que exatamente, ele não conseguia dizer. Tinha grande dificuldade em recuperar o fio de sua identidade. Sentia que ainda era ele mesmo, mas o problema estava em se conectar novamente, confirmar quem era, onde estava.

Finalmente, tudo começou a ficar claro. John Weightman estava sentado em uma pedra, não muito longe de uma estrada, em uma terra desconhecida.

A estrada não era uma rodovia formal, com cercas ou pavimentação. Parecia mais uma trilha vasta, formada pelo trânsito de milhares de passos seguindo na mesma direção, atravessando o campo aberto. No vale abaixo, que podia ver dali, a estrada parecia surgir aos poucos, unindo-se de muitas trilhas menores: pequenos caminhos que cruzavam prados, trilhas sinuosas que seguiam os riachos, marcas sutis saindo das florestas. Mas, na encosta da colina, esses caminhos se entrelaçavam em uma faixa de viagem mais definida, embora aqui e ali ainda houvesse caminhos isolados que se uniam à trilha principal, como se algumas pessoas tivessem subido a colina por outras rotas antes de se juntarem à estrada principal.

Do ponto onde estava, na borda da colina, John Weightman podia ver os viajantes. Pequenos grupos ou companhias maiores apareciam de tempos em tempos pelos diferentes caminhos, todos subindo. Estavam vestidos de branco, e a forma de suas vestes parecia estranha para ele, como algo tirado de uma pintura antiga. Passavam por ele, grupo após grupo, conversando tranquilamente ou cantando; não tinham pressa, mas caminhavam com um ar de alegria e entusiasmo, como se estivessem felizes por seguirem para um destino marcado. Nenhum deles parava para falar com ele, mas olhavam em sua direção e falavam entre si ao olhar; de vez em quando, um deles sorria e fazia um gesto amigável, como se quisesse convidá-lo a se juntar.

Havia intervalos entre os grupos, e John os seguia com os olhos enquanto passavam, vendo a trilha ficar branca por um curto espaço de tempo antes de se afastarem pela paisagem ondulada. O caminho subia e desaparecia entre colinas arredondadas de verdes, dourados e lilases etéreos, até alcançar o horizonte elevado, onde os viajantes pareciam, por um momento, como pequenas nuvens brancas contra o azul suave, antes de desaparecerem além da colina.

Ele ficou sentado ali por um longo tempo, observando e refletindo. Era um mundo muito diferente daquele em que sua mansão na Avenida fora construída; estranho, mas inegavelmente real—tão real quanto qualquer coisa que ele já tivesse visto. Aos poucos, sentiu um desejo crescente de saber que terra era aquela e para onde aquelas pessoas estavam indo. Tinha uma leve premonição sobre o que poderia ser, mas queria ter certeza.

Então se levantou da pedra em que estava sentado e desceu pela relva baixa e pelas flores de lavanda, indo ao encontro de um grupo que passava. Um homem do grupo se aproximou para encontrá-lo e estendeu a mão. Era um homem idoso, e, sob a barba e sobrancelhas brancas, John Weightman achou reconhecer algo do rosto do médico da aldeia que cuidara dele anos atrás, quando ainda era um menino no campo.

"Bem-vindo", disse o velho. "Você virá conosco?"

"Para onde vocês estão indo?"

"Para a cidade celestial, para ver nossas mansões lá."

"E quem são essas pessoas com você?"

"Eram estranhos para mim até pouco tempo atrás; agora os conheço melhor. Mas você, John Weightman, conheço há muito tempo. Não se lembra do seu velho médico?"

"Sim", ele exclamou. "Sim, sua voz não mudou nada. Estou muito feliz em vê-lo, Doutor McLean, especialmente agora. Tudo isso parece muito estranho para mim, quase opressor. Pergunto-me se... mas será que posso ir com vocês?"

"Claro que sim", respondeu o médico, com seu sorriso familiar. "Vai lhe fazer bem. E você também deve ter uma mansão na cidade esperando por você — uma bem bonita, aliás. Não está ansioso para vê-la?"

"Sim", respondeu ele, hesitando por um momento. "Sim, acredito que deva ser assim, embora não esperasse vê-la tão cedo. Mas irei com vocês, e podemos conversar pelo caminho."

Os dois homens logo alcançaram as outras pessoas, e todos seguiram juntos pela estrada. O médico tinha pouco a contar sobre sua vida, pois fora uma existência simples e árdua, vivida em benefício dos outros, com uma história modesta e sem grandes eventos. As aventuras e triunfos de John Weightman poderiam ter formado um relato mais rico e imponente, cheio de contatos com os grandes acontecimentos e personalidades de sua época. Mas, de alguma forma, ele não sentia vontade de falar sobre isso, enquanto caminhava por aquela ampla planície celestial, sob o tranquilo céu azul sem sol, naquele ar livre de perfeita paz, onde a luz era difundida sem sombras, como se o espírito da vida em todas as coisas fosse luminoso.

Havia apenas mais uma pessoa, além do médico, naquele pequeno grupo, que John Weightman já conhecia: um velho contador que passara a vida atrás de uma mesa, cuidando meticulosamente de contas — um homem simples e apagado, paciente e limitado, cuja esposa estava internada em um asilo para doentes mentais há vinte anos e cuja única filha era uma jovem com deficiência. Para o conforto e felicidade dela, ele se sacrificara sem limites. Foi uma surpresa encontrá-lo ali, tão despreocupado e feliz quanto os demais.

As vidas das outras pessoas no grupo foram reveladas em breves relances enquanto conversavam entre si — uma mãe, viúva muito cedo, que manteve seu pequeno grupo de filhos unidos e trabalhou arduamente durante anos difíceis para criá-los com pureza e conhecimento; uma Irmã da Caridade que dedicou sua vida a cuidar de pobres consumidos pelo câncer; um professor cujo coração e esforço foram derramados silenciosamente em sua missão de educar meninos para uma vida limpa e consciente; um missionário médico que abandonou uma carreira brilhante na ciência para gerenciar um hospital na África profunda; uma bela mulher de cabelos prateados que abriu mão de seus sonhos de amor e casamento para cuidar de um pai inválido e, após sua morte, transformou sua vida em uma constante busca por formas de fazer o bem aos outros; um poeta que percorreu os cortiços lotados da grande cidade, levando alegria e conforto não apenas através de suas poesias, mas também por meio de suas ações práticas e pacientes; uma mulher paralisada que passou trinta anos em sua cama, incapaz de se mover, mas não de perder a esperança, alcançando, por um milagre de coragem, seu único objetivo: nunca reclamar e sempre transmitir um pouco de sua alegria e paz a todos que se aproximassem dela.

Essas pessoas, e outras como elas, que no mundo eram pouco consideradas, agora pareciam transbordar de um grande contentamento e uma alegria interior que tornavam seus passos leves. Elas seguiam pela estrada conversando sobre o passado e o futuro, cantando de vez em quando com vozes claras, livres do peso da idade e da tristeza.

John Weightman se uniu a algumas das canções — que eram familiares para ele dos tempos de igreja — primeiro com certa hesitação, depois com mais confiança. À medida que caminhavam, a estranheza e o medo que sentia diante daquela nova experiência diminuíram, e seus pensamentos começaram a retomar sua habitual confiança e complacência. Afinal, essas pessoas não estavam indo para a Cidade Celestial? E ele não estava no lugar certo entre elas? Sempre esperara por essa jornada. Se cada uma daquelas pessoas tinha certeza de encontrar uma mansão à sua espera, ele não deveria ter ainda mais certeza? Sua vida fora mais produtiva que a delas. Ele havia sido um líder, um fundador de novas iniciativas, um pilar da Igreja e do Estado, um príncipe na Casa de Israel. Dez talentos lhe haviam sido dados, e ele os multiplicara em vinte. Sua recompensa seria proporcional. Ficava feliz por seus companheiros encontrarem moradias adequadas para eles, mas também pensava, com certo prazer, na surpresa que alguns sentiriam ao ver a mansão que lhe fora destinada.

Quando chegaram ao topo da planície, contemplaram o mundo além. Era uma vasta planície verde, suavemente arredondada como uma tigela rasa, cercada por colinas de ametista. Um grande rio brilhante corria por ela, entrelaçado com muitos fios de água prateados; havia fileiras de árvores altas nas margens do rio, pomares cheios de rosas florescendo ao longo dos riachos, e, no centro de tudo, erguia-se a cidade, branca, maravilhosa e radiante.

Ao vê-la, os viajantes foram tomados por reverência e alegria. Passaram rapidamente e em silêncio pelos riachos e pomares, como se temessem que falar pudesse fazer a cidade desaparecer.

A muralha da cidade era muito baixa, tão baixa que uma criança podia enxergar além dela, pois era feita apenas de pedras preciosas, que nunca são grandes. O portão da cidade não parecia um portão, pois não era fechado com ferro ou madeira; apenas uma única pérola, suavemente brilhante, marcava o ponto onde a muralha terminava e a entrada estava aberta.

Uma pessoa estava lá, com um rosto brilhante e solene, vestida com uma túnica que parecia a flor do lírio, não feita de tecido, mas de uma textura viva. "Entrem", disse ele ao grupo de viajantes. "Vocês chegaram ao fim da jornada, e suas mansões estão prontas para recebê-los."

John Weightman hesitou, perturbado por uma dúvida. E se ele não estivesse realmente, como os outros, no final de sua jornada, mas apenas transportado temporariamente para fora do curso normal de sua vida, vivendo essa experiência misteriosa? E se, afinal, ele não tivesse realmente passado pela porta da morte, como aqueles outros, mas apenas pela porta dos sonhos, caminhando em uma visão, um homem vivo entre os mortos bem-aventurados? Seria correto ele entrar na cidade celestial com eles? Não seria uma enganação, uma profanação, uma grave e imperdoável ofensa?

A estranha e confusa pergunta parecia sem fundamento, como ele sabia muito bem; pois, se ele estava sonhando, tudo era um sonho. Mas, se seus companheiros eram reais, ele também era real, e, se eles tinham morrido, então ele também devia ter morrido. Ainda assim, não conseguia se livrar da sensação de que havia uma diferença entre ele e os outros, o que o fazia hesitar em prosseguir. Mas, quando parou e se virou, o Guardião do Portão olhou diretamente nos seus olhos, profundamente, e fez um gesto para que ele entrasse. Então, soube que não apenas era certo, mas necessário, que ele seguisse.

Eles passaram de rua em rua, entre residências belas e espaçosas, situadas em jardins eternos, adornadas com uma infinidade de belezas de divina simplicidade. As mansões variavam em tamanho, forma e encanto: cada uma parecia possuir uma beleza pessoal única; mas todas tinham em comum a harmonia com o local, a consonância entre si e a contribuição para a esplendorosa e serena grandiosidade da cidade.

À medida que o pequeno grupo chegava, um a um, às mansões preparadas para eles, o Guia convidava alegremente o novo habitante a entrar e tomar posse. Ouviam-se murmúrios suaves de alegria, misto de admiração e reconhecimento, como se a nova morada imortal superasse em beleza todas as expectativas e sonhos. Ao mesmo tempo, era como se ela fosse tocada pela beleza do familiar, do lembrado, do longamente amado. Um por um, os viajantes eram conduzidos às suas próprias mansões e entravam com felicidade. E, de dentro, através das portas abertas, vinham vozes doces de boas-vindas, risos suaves e canções.

Por fim, restaram apenas os dois velhos amigos, o Doutor McLean e John Weightman, ao lado do Guia. Estavam em frente a uma das maiores e mais belas casas, cujo jardim brilhava suavemente com flores radiantes. O Guia pousou a mão no ombro do médico.

"Esta é sua", disse ele. "Entre; aqui não há mais dor, nem morte, nem tristeza, nem lágrimas, pois todos os seus antigos inimigos foram vencidos. Todo o bem que você fez aos outros, toda a ajuda que deu, todo o conforto que trouxe, toda a força e amor que ofereceu aos que sofriam estão aqui, pois construímos tudo isso nesta mansão para você."

O rosto do bom homem se iluminou com uma alegria serena. Ele apertou a mão do velho amigo com firmeza e sussurrou:

"Como é maravilhoso! Vá em frente, você chegará à sua mansão a seguir, não está longe, e nos veremos novamente em breve, muito em breve."

Então, ele entrou pelo jardim e adentrou a música que vinha de dentro. O Guardião do Portão se voltou para John Weightman, com olhos calmos, fixos e penetrantes. Em seguida, perguntou, com gravidade:

"Onde você deseja que eu o conduza agora?"

"Para ver minha própria mansão", respondeu o homem, com uma excitação mal disfarçada. "Não há uma aqui para mim? Talvez você não me deixe entrar ainda, porque devo confessar que sou apenas..."

"Eu sei", disse o Guardião do Portão, interrompendo-o. "Eu sei de tudo. Você é John Weightman."

"Sim", disse o homem, com mais firmeza do que antes, sentindo-se satisfeito por seu nome ser conhecido. "Sim, sou John Weightman, Guardião Sênior da Igreja de São Petronius. Desejo muito ver minha mansão aqui, ainda que apenas por um momento. Acredito que você tenha uma para mim. Pode me levar até ela?"

O Guardião do Portão retirou um pequeno livro do peito de sua túnica e folheou suas páginas.

"Certamente", respondeu, com um olhar curioso para o homem. "Seu nome está aqui; e você verá sua mansão, se me seguir."

Pareceu que caminharam milhas e milhas pela vasta cidade, passando por ruas repletas de casas maiores e menores, jardins mais ricos e mais simples, mas todos cheios de beleza e encantamento. Por fim, chegaram a uma espécie de subúrbio, onde havia muitas pequenas casas, com canteiros de flores — humildes, mas brilhantes e perfumadas. Finalmente, chegaram a um campo aberto, desolado e solitário. Havia dois ou três pequenos arbustos, sem flores, e a grama era rala e escassa. No centro do campo havia uma cabana minúscula, mal grande o suficiente para abrigar um pastor. Parecia ter sido construída com materiais descartados, restos e fragmentos de outras construções, montados com cuidado e esforço, por alguém que tentava aproveitar ao máximo os recursos rejeitados.

Havia algo de triste e constrangedor na cabana. Ela parecia encolher, murchar e desbotar naquele campo estéril, e parecia sobreviver ali apenas por permissão, à beira da esplendorosa cidade.

"Esta", disse o Guardião do Portão, parando e falando com uma voz baixa e clara, "esta é a sua mansão, John Weightman."

Um choque quase intolerável de tristeza, espanto e indignação paralisou o homem por um momento, a ponto de ele não conseguir dizer uma palavra. Então, virou o rosto para longe da pobre cabana e começou a protestar ansiosamente com seu acompanhante.

"Certamente, senhor", gaguejou ele, "deve haver algum engano aqui. Algo está errado—talvez outro John Weightman —uma confusão de nomes—o livro deve estar errado."

"Não há engano", respondeu calmamente o Guardião do Portão. "Aqui está seu nome, o registro do seu título e de suas posses neste lugar."

"Mas como uma casa dessas poderia ser preparada para mim?" exclamou o homem, com um tremor de ressentimento na voz. "Para mim, depois de meus longos e fiéis serviços? Esta é uma mansão apropriada para alguém tão conhecido e devotado? Por que ela é tão miseravelmente pequena e humilde? Por que não a construíram grande e bela como as outras?"

"Esse foi todo o material que você nos enviou."

"O quê?"

"Usamos todo o material que você nos enviou", repetiu o Guardião do Portão.

"Agora eu sei que você está enganado", exclamou o homem, com crescente intensidade. "Por toda a minha vida, fiz coisas que certamente lhes forneceram material. Você não sabe que eu construí uma escola; a ala de um hospital; duas—sim, três—pequenas igrejas, e grande parte de uma maior, a torre de São Petro—"

O Guardião do Portão levantou a mão.

"Espere", disse ele. "Sabemos de todas essas coisas. Não foram mal feitas. Mas todas foram marcadas e usadas como fundamento para o nome e a mansão de John Weightman no mundo. Você não as planejou assim?"

"Sim", respondeu o homem, confuso e pego de surpresa. "Confesso que muitas vezes pensei nelas dessa forma. Talvez meu coração estivesse muito focado nisso. Mas há outras coisas—minha doação para o colégio—minhas contribuições constantes e generosas para todas as instituições de caridade estabelecidas—meu apoio a toda causa respeitável—"

"Espere", interrompeu novamente o Guardião do Portão. "Não foram todas essas cuidadosamente registradas na Terra, onde acrescentariam crédito ao seu nome? Não foram tolices. Em verdade, você já recebeu sua recompensa por elas. Você espera ser pago duas vezes?"

"Não", exclamou o homem, com crescente desespero. "Não ouso reivindicar isso. Reconheço que considerei muito os meus próprios interesses. Mas certamente não completamente. Você disse que essas coisas não foram tolices. Elas trouxeram algum bem ao mundo. Isso não conta para nada?"

"Sim", respondeu o Guardião do Portão, "isso conta no mundo—onde você decidiu que contaria. Mas não pertence a você aqui. Nós guardamos e usamos tudo o que você nos enviou. Esta é a mansão preparada para você."

Enquanto falava, seu olhar se aprofundava, intenso e penetrante, como uma chama de fogo. John Weightman não conseguiu suportá-lo. Parecia despir sua alma e consumi-lo. Ele caiu ao chão, esmagado por um peso insuportável de vergonha, cobrindo os olhos com as mãos e curvando-se, com o rosto voltado para as pedras. Por entre a confusão de sua mente, ele sentia vagamente a dureza e a frieza das pedras.

"Diga-me, então", clamou ele, com a voz trêmula e quebrada, "já que minha vida valeu tão pouco, como cheguei aqui?"

"Pela misericórdia do Rei"—a resposta veio como o suave badalar de um sino.

"E como a mereci?" murmurou ele.

"Ela nunca é merecida; é apenas dada", veio a resposta clara e baixa.

"Mas como falhei tão miseravelmente", perguntou ele, "em todo o propósito da minha vida? O que eu poderia ter feito melhor? O que realmente importa aqui?"

"Apenas aquilo que é verdadeiramente dado", respondeu a voz semelhante a um sino. "Apenas o bem que é feito pelo amor de fazê-lo. Apenas os planos em que o bem-estar dos outros é o pensamento principal. Apenas os trabalhos em que o sacrifício é maior que a recompensa. Apenas os dons em que o doador esquece de si mesmo."

O homem permaneceu em silêncio. Uma fraqueza avassaladora, um desânimo indescritível e uma humilhação profunda caíram sobre ele. Mas o rosto do Guardião do Portão estava infinitamente terno enquanto se inclinava sobre ele.

"Reflita novamente, John Weightman. Não houve nada assim em sua vida?"

"Nada", suspirou ele. "Se algum dia houve coisas assim, deve ter sido há muito tempo—tudo foi sobreposto—eu as esqueci."

Havia um sorriso inexprimível no rosto do Guardião do Portão, e sua mão fez o sinal da cruz sobre a cabeça inclinada enquanto falava suavemente:

"Estas são as coisas que o Rei nunca esquece; e porque houve algumas delas em sua vida, você tem um pequeno lugar aqui."

A sensação de frio e dureza sob as mãos de John Weightman tornou-se mais nítida e distinta. O peso de um cansaço físico recaía sobre ele, mas havia uma calma, quase uma leveza, em seu coração enquanto escutava as vibrações que desvaneciam dos tons prateados como de um sino. O relógio sobre a lareira acabava de marcar a última badalada das sete quando ele ergueu a cabeça da mesa. Finos e pálidos feixes da manhã urbana entravam no quarto pelas estreitas frestas entre as cortinas pesadas.

O que tinha acontecido com ele? Estaria doente? Teria morrido e voltado à vida? Ou apenas dormido, com sua alma viajando em sonhos? Ele permaneceu imóvel por algum tempo, não perdido, mas se encontrando em seus pensamentos.

Depois, pegou um pequeno livro na gaveta da mesa, preencheu um cheque e o destacou.

Subiu lentamente as escadas, bateu suavemente na porta do quarto do filho e, ao não ouvir resposta, entrou silenciosamente. Harold estava dormindo, com o braço nu estendido acima da cabeça e o rosto ansioso relaxado em paz. O pai o observou por um momento com olhos estranhamente brilhantes e, então, caminhou na ponta dos pés até a escrivaninha, encontrou um lápis e uma folha de papel e escreveu rapidamente:

"Meu querido filho, aqui está o que você me pediu; faça o que quiser com isso e peça mais se precisar. Se você ainda está pensando naquele trabalho com Grenfell, vamos conversar sobre isso hoje, depois da igreja. Quero conhecer melhor o seu coração; e, se cometi erros—"

"Que Deus nos dê um bom Natal juntos."

Um pequeno ruído fez com que ele virasse a cabeça. Harold estava sentado na cama, com os olhos arregalados.

"Pai!", exclamou ele. "É você?"

"Sim, meu filho", respondeu John Weightman. "Eu voltei —quero dizer, subi—não, entrei—bem, aqui estou, e que Deus nos dê um bom Natal juntos."

FIM

Sobre o Repositório Cristão

O Repositório Cristão foi criado em 2019 com a missão de armazenar e divulgar tanto conteúdo cristão clássico quanto contemporâneo. Nosso objetivo é oferecer acesso a bibliografias confiáveis para pesquisa, priorizando a originalidade e a precisão da informação. Devido à natureza detalhada dessa tarefa, estamos sempre em busca de ajuda com traduções e questões técnico-históricas pertinentes, garantindo assim a maior exatidão possível no conteúdo.

Nosso foco é selecionar trabalhos sobre os seguintes temas: tradução bíblica, teologia e filosofia cristã, literatura e artigos. Além disso, nos empenhamos em disponibilizar esse material de forma gratuita. Para isso, utilizamos principalmente recursos gratuitos ou em domínio público disponíveis em diversos portais. Atualmente, o projeto conta com mais de 500 publicações, incluindo artigos, capítulos de livros e biografias.

Apoio ao projeto é sempre bem-vindo. Acima de tudo, desejamos que Deus seja glorificado e que Ele abençoe sua vida através deste material.

Para conteúdo gratuito, acesse:
www.repositoriocristao.com